우연을 전시합니다

우연을 전시합니다

초판 1쇄 발행 2019년 10월 24일

지은이
고원

펴낸이
강일우

본부장
박신규

책임편집
이하나

디자인
이재희

펴낸곳
(주)미디어창비

등록
2009년 5월 14일

주소
04004 서울 마포구 월드컵로12길 7

전화
02-6949-0966

팩시밀리
0505-995-4000

홈페이지
http://books.mediachangbi.com
http://thechaek.com

ISBN
979-11-89280-67-3 03810

전자우편
mcb@changbi.com

※ 책값은 뒤표지에 표시되어 있습니다.

우연을 전시합니다

고원 지음

창비

원

꿈 꿈은 언제나 원대하다. 바로 일확천금!

직업 어린이책 작가. 글도 쓰고 그림도 그린다.

특기이자 취미 망상을 아주 치밀하게 구체적으로 한다. 망상의 내용은 일확천금. 일확천금을 하면 매주 싱싱한 꽃을 한 다발씩 사고, 고급 초밥도 먹고, 여행도 자주 다니고, 작은 정원이 있는 한옥에서 살고 싶다.

나이 말하고 싶지 않음.

실제로는 머리숱이 별로 없지만 그림에서는 헬멧처럼 덥수룩하다(그림에서나마 숱이 많고 싶다). 헐렁한 원피스를 제일 좋아하는데 소매가 걸리적거리는 게 싫어 항상 걷어 입는다. 자꾸 흘러내리면 아예 잘라버리기도…….

규

꿈　원대한 꿈: 스위스 바젤 아트 페어에 참가하는 것.

　　소박한 꿈: 작은 전시회를 열고 싶다.

직업　나무 공방 '밀플라토'를 운영한다. 목공 작품을 만들고 수업을 진행하기도 한다.

특기이자 취미　야구, 영화 보기

나이　언제나 한두 살이 긴가민가. 내가 몇 년도에 태어났지?

차례

이것은 원과 규가 어떻게 12고원을

함께 오르게 되었는지에 대한 이야기입니다.

도입

원은 집에서 전시회를 연 적이 있다. 작품 수는 여섯 점, 관람객은 전부 친구들이었다. 관람객들은 대략 30초 정도 작품을 감상한 후 3시간 수다를 떨었다.

길에서 한 적도 있다. 작품 수가 좀 더 늘어나 여덟 점이 되었고 관람객은 지나가는 사람들이었다. 한 사람당 관람 시간은 대략 0~10초 정도였다. 길에서 아무것도 안 하고 서 있기가 머쓱해진 원이 생글생글 웃으며 '한번 보세요'라고 하자 그나마 친절한 사람이 '안 사요'라고 대답해주었다.

단골 감자튀김집에서 전시를 하려고 시도한 적도 있었다. 가게 벽에 작품을 전시해도 되는지 묻자 주인은 매우 예의 바르게 '안녕히 가세요'라고 인사했다.

갤러리에서 전시를 한 적은 없다. 갤러리를 빌릴 생각도 했지만 갤러리에서 전시를 한다는 게 부담스럽다. 게다가 갤러리에서 일주일 동안 전시를 할 돈이면 1년 동안 맛있는 케이크를 사 먹을 수 있다. 원의 선택은 언제나 1년치의 케이크였기 때문에 갤러리에서의 전시는 여태껏 하지 못했다.

그런데 원이 특별한 전시를 하게 되었다. 집도, 길도, 갤러리도 아닌 아주 특별한 곳에서.

봄

사소한 시작

코알라를 좋아하는 친구의 선물을 고르는 중입니다.

어떠한 큰일도 시작은 사소하다. 원의 특별한 전시 역시 시작은 매우 사소했다.

친구 결혼 선물을 고르려고 우연히 공방 '밀플라토'에 들어간 것이 시작이다(친구를 처음 만난 5년 전이 시작일 수도 있지만 그렇게 따지자면 원이 태어난 것부터 시작해야 한다. 원이 태어나지 않았다면 친구를 만나지 못했을 테니까. 원의 탄생부터 시작하려면 원의 부모님이 만나는 순간도 포함해야 하고, 이런 식으로 계속 시작의 시작을 거슬러 올라가다 보면 우주가 시작된 시점까지 가야 한다. 그래서 편의상 밀플라토에 우연히 들어간 것을 시작으로 하겠다).

이전에 몇 번이나 앞을 지나쳤지만 들어간 적은 없다. 나무 제품에는 관심이 없었기 때문이다. 그날도 선물을 골라야 하지 않았다면 들어가지 않았을 것이다(이게 선물을 고르는 묘미이다. 선물을 고를 때는 보통 때라면 보지 않을 것들도 유심히 들여다보게 된다).

별생각 없이 밀플라토에 들어간 원은 새로운 세계에 눈을 뜨고 다음 단계로 돌입한다. 물욕이 불타오르기 시작한 것이다. 무릇 불타오르는 것에는 기름을 부어야 하는 법. 규가 불타는 원의 물욕에 기름을 부었다.
규는 원이 눈을 못 떼는 붉고 반짝이는 나무 도마를 집어들었다.
“정말 예쁘지 않나요? 이건 참죽나무에 옻칠을 한 거예요. 여기 반짝이는 세로줄은 수액이 안에서 굳은 거고요. 말하자면 나무의 겨드랑이 부분으로, 쉽게 얻을 수 없지요.”

‘쉽게 얻을 수 없다’란 말을 듣는 순간, 무슨 일이 있어도 가지고 싶다는 생각이 든다. ‘쉽게 얻을 수 없다’라는 것이 사실인지 아닌지는 중요하지 않다. 중요한 건 내가 쉽게 얻을 수 없다는 걸 가지고 있다고 여기는 거다.

원은 간당간당한 이성의 끈을 붙들었다.
이성은 원에게 ‘친구 선물이 아니라면 아무것도 사지 말고 어서 나가라’라고 단호하게 말했다.

잠시 후, 그러니까 갈등을 딱 5초 정도 하고 난 후, 원은 매우 기쁜 마음으로, 한편으로는 ‘사지 말아야 하는데’라는 쓸데없는 생각도 하면서, 도마의 값을 치렀다.

※친구 결혼 선물로는 사과 모양의 찻통을 샀습니다.

고원

조용히 가게를 나왔다면 아마 그것으로 끝이었을 것이다. 하지만 원은 조용히 나오지 않았다. 충동구매에 성공해서 몹시 들뜬 원은 규에게 말했다.

"저는 언젠가 전시를 할 거예요."

난데없이 뜬금없이 아무한테나 아무거나 말하는 건 원의 주특기다. 주변 사람들이 대체 어떻게 그럴 수 있는지 묻곤 하는데 원도 자기가 왜 그러는지 잘 모른다. 그냥 그런 마음이 들어서 그러는 것이다. 굳이 말을 할 이유는 없지만 말을 하지 않을 이유도 없다.

원이 말을 걸었다고 해서 상대방이 다 받아주지는 않는다. 어이없어하거나 귀찮아하거나 무시해버리는 사람들도 상당히 많다. 그럴 때는 조용히 물러나면 된다. 딱히 손해 보는 일은 없다.

규가 예의 바르게 미소만 지으며 아무 말도 안 했다면 아무 일도 일어나지 않았을 것이다. 하지만 매우 다행히도(원에게는) 그리고 위험하게도(규에게는) 규는 이렇게 대답했다.
"저도요. 몇 년전부터 '12고원'이란 주제로 전시를 하고 싶은데 무엇을 어떻게 해야 할지 막막해서 못하고 있었어요."
원은 완전히 솔깃했다.
"12고원요?"
"네. 고원은 프랑스어로 'plateau'인데, 접시(plate)가 고원에서 유래한 말이에요. 이 공방의 이름 '밀플라토'는 '천 개의 고원'이란 뜻이고요."

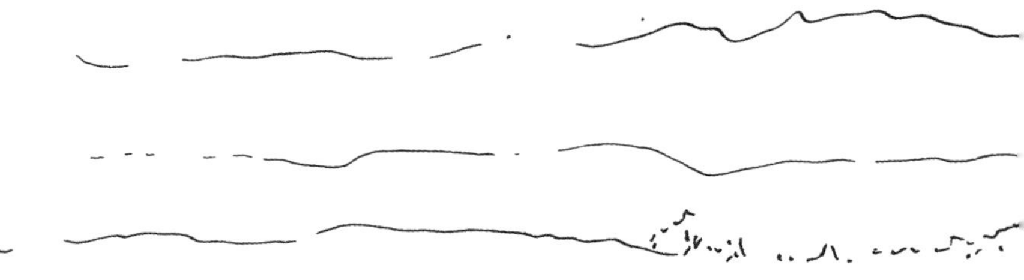

“우아, 그건 천 개의 접시란 의미인가요?”

“제가 만드는 모든 것을 의미하죠. 플라토는 고원 외에 창조물이란 뜻도 있거든요. 아직 고원에 가본 적은 없지만 언젠가는 가보고 싶어요. 그래서 공방 이름도 천 개의 고원, ‘밀플라토’라고 지은 거예요.”

거의 사용하지 않아서 자신이 알고 있다는 사실조차 모르는 단어들이 있다. 원에게 ‘고원’이 그런 단어였다(‘개마고원’이란 말을 알고 있는 걸 보니 아마도 학교에서 배웠을 것이다). ‘고원’이란 말을 어떻게 알게 되었는지는 별로 중요하지 않다. 중요한 것은 바로 지금 ‘고원’이란 말 때문에 끝내주는 생각이 떠올랐다는 사실이다.

불나방

원의 미래를 보여주는 수정 구슬.
'암흑' 그 자체입니다.

잔뜩 긴장한 원은 미친 듯이 손을 흔들며 말했다.
"저랑 같이 '12고원' 전시를 하시겠어요? 제가 나무 작품에 어울리는 그림을 그리고 글을 쓸게요. 글과 그림이 곁들여지면 나무 작품도 훨씬 더 특별해 보일 거예요.
전시는 이 공방 한 귀퉁이에서 하는 건 어때요? 잘되면 진짜 전시회장에서 할 수도 있고, 그게 진짜 잘되면 엄청 유명해져서 일확천금을 하게 될지도 몰라요!"
"오, 일확천금이라. 그거 좋군요."
규가 웃으며 맞장구를 치자 원은 갑자기 마음이 무거워졌다.

상대방에게 너무 큰 꿈을 심어버린 게 아닌가 해서 말이다. 그래서 얼른 덧붙였다.
"일확천금보다 망하는 쪽이 좀 더 가능성이 높긴 해요. 제가 정말 오랫동안 일확천금을 하려고 몸부림치긴 했는데 아직 한 번도 성공한 적은 없거든요. 망했던 적은 많지만요."

일이 잘됐으면 좋겠고, 잘될 것 같은 기분도 든다. 그러나 그건 어디까지나 원의 희망 사항이고 기분일 뿐, 확신은 쥐뿔도 없다. 세상은 내 마음대로 돌아가지 않고 실제로 어떻게 될지는 알 수 없다.
진짜 열심히 했는데 결과가 나쁘기도 하고, 그다지 열심히 하지 않았는데 결과가 좋을 때도 있다. 결과가 좋으면 쉽게 받아들이지만 결과가 나쁘면 받아들이기가 어렵다. 그래도 어쩔 수 없다. 망한 시점부터 할 수 있는 것을 해야 한다.

※ 전력 질주로 달려들었는데 망했을 때 원이 하는 것

우선 망했다는 사실을 제대로, 있는 그대로 받아들인다. '에잇, 젠장.' 욕은 열나게 한다. 어쩔 수 없어서 받아들이는 거지, 좋아서 받아들이는 게 아니니까. 욕이라도 해야 속이 후련하다.

망할 놈의 실패를 성공의 어머니로 만들겠다는 의지를 무섭게 불태운

다. 실패에서 뭐라도 배우면 실패도 가치가 있게 되니까.

또다시 무엇인가에 달려든다. 어떻게 될지는 해보지 않고는 알 수 없으니까 달려드는 거다. 불나방처럼. 그러다 또 홀라당 타버리기도 한다.

규가 어떤 대답을 할지는 알 수 없다. 일단 하고 싶은 말은 했으니 기다린다. 어떤 대답을 하건 받아들일 마음의 준비를 하고.

승낙

규가 큰 소리로 웃으며 흔쾌히 대답했다.

"재미있을 것 같네요. 좋아요. 좋습니다."

대체 왜?

내가 12고원에 대해
왜 원에게 말했는지 모르겠어.
전혀 모르는 사람인 데다가
12고원에 대한 걸 말한 사람도
거의 없는데 말이야.

일확천금이 꿈이라는 것도 좋았고

일확천금보다는 망할 확률이
높다고 한 것도 좋았어.

내가 대체 왜 말했지?

다름

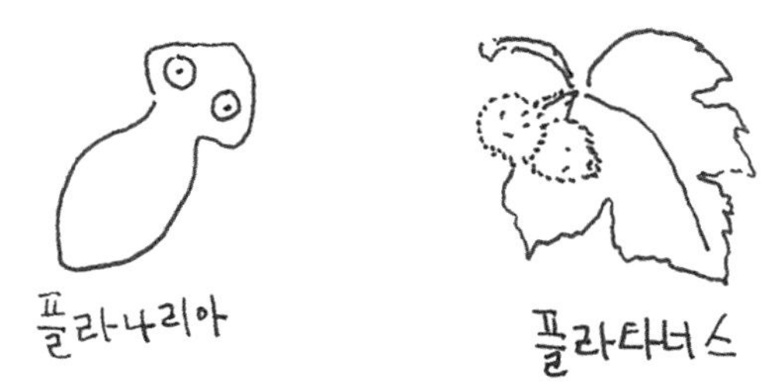

규가 승낙하자마자 원은 본성을 드러냈다.

"당장 시작하죠."

"헉? 지금 당장요?"

규는 미처 몰랐지만 원의 추진력은 어마어마하다. 그 추진력에 불이 붙어버린 원은 당장이라도 우주로 날아갈 기세다. 그렇지만 이내 예상치 못한 브레이크가 걸렸다(천만다행히도). 브레이크는 바로 '다름'이다.

원과 규는 다르다. 아마도 플라나리아와 플라타너스만큼이나 다를 것이다. 플라나리아와 플라타너스의 공통점은 둘 다 지구의 생명체이고 이름이 '플'로 시작한다는 것뿐이다.

원은 구체적인 것을 원하고, 규는 추상적인 것을 원한다.
원이 빵을 말하면, 규는 시를 말한다.
원이 하늘을 말하면, 규는 바람을 말한다.
원이 외계인 기지를 말하면, 규는 어이없어하고,
규가 철학을 말하면, 원은 한숨을 쉰다.

이렇게나 다른 둘의 접점을 찾는 일은 쉽지 않다. 규와 대화를 하는 동안 원은 '나 혼자였다면 아무거나 일단 시작했을 텐데' 라고 생각했다. 하지만 이건 둘이 하는 일이다. 혼자 멋대로 할 수는 없다.
그래도 '다름' 덕분에 혼자였다면 생각지 못했을 것들에 대해 생각하게 되었다. 그건 좋다.
좀처럼 결정을 내리지 못하는 건 싫지만.

게다가 이건 원이 들러붙어서 시작된 일이다. 정말 싫다면 지금이라도 마음이 바뀌었다고 하고 발을 빼면 된다. 그거야말로 진짜 싫다. 그래서 원은 좋은 점, '혼자서라면 할 수 없는 경험을 한다'에 집중하기로 했다.

한참 더 시간을 보낸 후 둘은 같은 결론에 도달했다.
"어떻게 할지는 시간을 두고 생각하는 게 좋을 것 같네요."
"네. 저도 그렇게 생각해요."

개성

구테는 숨바꼭질 중

원이 아쉬움에 최대한 느리게 뭉그적거리며 밀플라토를 나서다 나무 그릇 안에서 빼꼼히 고개를 내밀고 있는 녀석을 발견했다. 위가 뾰족하고 아래는 동글동글한 게 상당히 귀엽게 생겼다.
“어? 이건 뭐죠?”
“그건 지압하는 거예요. 둥그런 부분을 잡고 뾰족한 부분으로 근육이 뭉친 부위를 꾹꾹 누르면 시원하죠. 다른 건 다 팔았는데 이건 안 팔고 제가 가지고 있어요. 이름도 있어요. ‘구테’, 물방울이란 뜻이에요.”

지금까지는 별로 말이 없던 규가 갑자기 열심히 말을 하기 시작했다.
“깊게 난 흠이 마음에 들어요. 흠 때문에 보는 각도에 따라 느낌이 달라지거든요. 이 흠이 구테의 개성이죠.”
원은 규가 흠 때문에 구테를 좋아한다고 하자 왠지 모르게 기뻤다. 규가 흠을 개성이라 여겨주는 사람이어서 마음이 놓였다. 그건 아마도 원 자신이 흠투성이이기 때문일 것이다.
흠을 없애려면 흠 주변도 다 깎아내야 하는데 그러면 구테는 특유의 매력조차 모두 잃어버리게 될 것이다. 단점을 전부 뜯어고치다 보면 그나마 있던 장점까지 사라져버리고 특징도, 특별함도 없이 밋밋해지는 것처럼 말이다.

자신에게 주어진 것(수많은 단점까지)들을 감사해하고 즐기는 것은 스스로를 위하는 가장 좋은 방법이다. 원처럼 온갖 단점의 총집합체인 경우에는 특히 더 그렇다. 단점을 모두 없애버린다면 원에게 남는 것은 아마도 세포 몇 개뿐일 거다.

원은 구테란 이름도 마음에 들고, 모양도 마음에 든다. 무엇보다 깊게 팬 흠 덕분에 규가 애정을 가지고 있다는 사실이 마음에 든다. 원의 얼굴이 빛난다.

"첫 번째 고원은 이걸로 해요!"

"어, 네. 그러죠."

드디어 시작이다.

알아가기

고원에서 비 맞는 구테

원은 열심히 그림을 그리는 중이다.

고원 위에 놓인 구테를 그렸더니 접시에 놓인 거대한 밤 만주처럼 보인다. 고원 위에 구테가 무리 지어 떠 있는 장면을 그렸더니 '구테 대침공' 같다. 고원에서 비를 맞는 모습은 어쩐지 청승맞아 보인다.

고원이라고 해서 고원을 그리는 건 뻔하다. 원은 고원을 빼버리고 구테에만 집중하기로 했다. 구테의 개성을 최대한 살려 삼총사를 그렸더니 너무 무난하다. 그리면 그릴수록 오히려 더 뭐가 뭔지 알 수 없게 되어버렸다.

아무래도 그리기를 멈추고 구테와 시간을 보내며 구테를 좀 더 알아가야겠다.

여기서 잠깐!
알아가는 것이지 캐내는 것이 아니다. 알아가는 것은 이해를 하는 것이지만 캐내는 것은 발가벗겨버리는 것이다. 누군가가 나를 알아가는 건 좋지만 캐내는 건 싫다. 누군가가 나를 캐내려 한다면 손톱을 곤두세우고 송곳니를 드러낼 테다.
원은 구테를 이런저런 방향에서 바라보고, 냄새도 맡아보고, 가까이서도 보고 멀리서도 보고, 문질러보기도 했다.

※ 그러면서 구테에 대해 알게 된 점

구테는 잘 들여다봐야 특별함이 보이기 때문에 얼핏 봐도 멋지다고 여겨지는 그림이 아니라 섬세하고 편안한 그림이어야 한다. 가느다란 나뭇결은 펜으로 그리고, 색은 물감이 아니라 목탄으로 부드럽게 입혀야겠다.

원은 다시 작업에 몰두했다. 펜 긋는 소리까지 들릴 정도로 조용하다. 망치고 또 망쳤지만 이번에는 고지가 가까워지고 있는 느낌이다(어디까지나 느낌입니다).

새벽 5시를 조금 지나서야 마음에 드는 그림이 나왔다. 당장 규에게 보여주고 싶지만 이 시간에 규에게 달려갈 수는 없다(그랬다가는 접근 금지 처분을 받게 될지도 모른다).
규를 만나기 전까지 시간을 가장 빨리 보내는 방법은 자는 것이다. 잠이 안 올 것 같긴 하지만.

그리고 1분 후에 잠이 들었다.

일단 해보라고

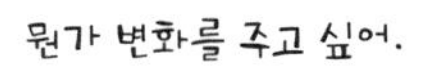

규는 정체되어 있다는
느낌이 들었습니다.

그러나 어떻게 해야 할지
알 수 없었지요.

그러던 차에 원이
밀플라토에 들어왔습니다.

자리

원은 첫 번째 고원을 규에게 보여주었다.
"그림을 깔고 구테를 위에 놓으면 완성돼요. 나무, 그림, 글, 그리고 그림자까지 모두 어우러져 하나의 고원이 되죠. 우리가 함께 고원을 올라간다는 의미인 거예요.
고원에 올라가면 어떤 일이 일어날까 생각해봤어요. 구테가 물방울이어서 비를 떠올렸어요. 첫 번째 고원에서 비를 맞는 거예요."
설득력 있게 말하고 있다고 스스로 생각하는 중이다. 착각이어도 일단 이렇게 생각하면 자신감이 샘솟으니……는 개뿔.

자신감은 전혀 샘솟지 않고 있다. '나는 마음에 들지만 규는 마음에 안 들어할 수 있어'라는 생각만 화농성 여드름처럼 부풀어 오르고 있다. 이럴 때는 내가 믿는 것이 진리라고 철석같이 믿는 편이 좋을 것 같다. 그렇다면 확신에 차서 말할 수 있으니까.

자신감은 없지만 있는 척하면서 횡설수설을 끝낸 후, 원은 규를 살펴보았다. 규의 입꼬리가 살짝 올라갔다.
"좋네요. 그림자가 움직이면 작품이 변하는 것도 좋아요."

휴, 다행이다.
이제 첫 번째 고원을 전시할 자리를 고르면 된다. 그런데……

이제 와서 하는 말이지만 밀플라토는 매우 어수선하다. 절대 더럽다는 뜻은 아니다. 단지 물건이 많고, 톱밥이 굴러다니고, 벌레가 몇 마리 있고, 초콜릿 껍질이 여기저기 있을 뿐이다.

원과 규는 함께 빈자리를 만들고 첫 작품을 놓았다.

첫 번째 고원에서 비를 맞다

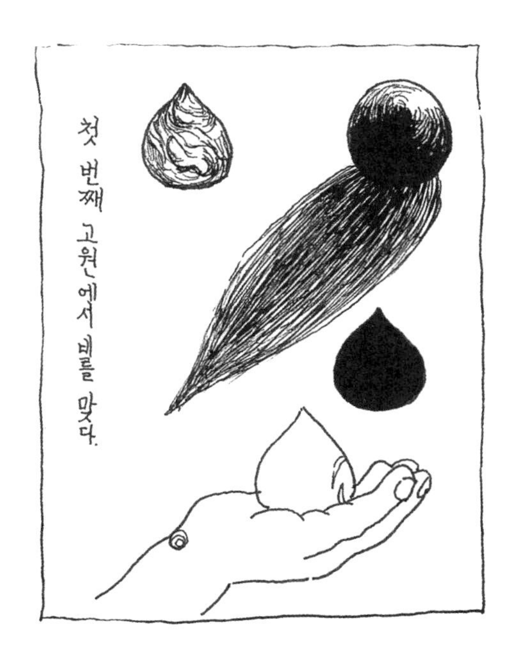

첫 번째 고원입니다. 포스터 같지만 깔개입니다.

고원 대신 손을 그렸습니다. 손으로 무엇인가를 창조해내니까 고원이란 의미와 잘 어울린다고 여겼어요.

규의 손이에요. 손을 그리다 보니 정말 나무를 많이 만진 손이라는 느낌이 물씬물씬 들었답니다. 규의 손목에 밀플라토 상징을 새겼습니다. 원의 서명은 작은 동그라미로 했어요.
여러 겹의 그림자도 좋지만 길게 늘어지는 그림자도 멋지죠.
햇빛을 받으면 해시계의 역할도 할 수 있겠어요.

오오!

그러다 잠이 들었다. 쿨~

사치가 좋아

사치로 난리를 치고 있는 원

원은 어릴 때부터 사치를 하고 싶어 안달이었다.
구슬 목걸이, 불이 들어오는 볼펜, 팔다리가 흔들거리는 장식이 달린 연필, 예쁜 수첩, 자개 보석함 등등, 사치품을 손에 넣느라 저금통을 수시로 비우고 친구와 물물교환도 했다.
사치품을 갖게 되면 너무 좋아서 어쩔 줄 모르겠다. 시간이 지나면 처음처럼 열광적이지는 않아도 꺼내 보며 흐뭇해한다.
손에 넣은 사치품보다는 손에 넣지 못한 사치품이 더 많다. 아직까지 아쉬워하는 것은 오스트레일리아 원주민이 직접 만들었다는 매우 커다란 부메랑이다. 세계 문화 축제에 구경 갔을 때 본 것으로, 나무를 깎아 만들었는데 색색깔 무늬와 캥거루가 그려져 있었다.

지금도 사치를 무지하게 좋아한다. 모든 것에 다 사치를 부릴 수는 없으니 진짜로 좋아하는 것에만 사치를 부린다. 죽어라 일을 하고, 택시 대신 버스와 지하철을 타고, 커피도 잘 안 사 먹고, 여름에도 에어컨 대신 선풍기로 버티는 건 돈을 아끼다 사치하는 데 쓰기 위해서다.

※ 원의 사치 목록

- 통팥과 견과류가 잔뜩 든 묵직한 단팥빵.
- 주방장이 직접 만들어 바로바로 내어주는 초밥.
- 나비 귀걸이. 매우 크고 까매서 기계라고 여겨지는 경우도 있기 때문에 '무전기가 아니라 귀걸이입니다'라고 설명해준다. 몹시 무거워서 한 시간 이상 착용하지는 못하지만 사람을 만날 때면 열심히 달고 나타난다. 목적(놀래기)을 달성하면 얼른 빼서 주머니에 넣는다.

최근에 부린 사치는 붉은 참죽나무 도마이다. 나무 도마는 밥을 먹는 원의 태도를 완전히 바꿔놓았다. 이전에는 허겁지겁 손가락으로 집어 먹었지만, 지금은 우아하고 도도하게 먹는

다. 언제나 그래왔다는 듯이.

한 가지 사치를 하면 백 가지 사치를 더 하고 싶다. 딸기 생크림 케이크를 먹으면 초코 케이크가 먹고 싶고, 청바지를 사고 나면 원피스가 사고 싶고, 귀걸이를 사면 목걸이가 사고 싶다. 나무 도마를 가졌더니 나무 접시도 가지고 싶어졌다.

끝없는 욕망에 빠져 허우적대던 원은 최후의 수단을 동원했다. 본능과 욕망에 밀려 맥을 못 추는 이성이란 녀석을 불러낸 것이다. 간만에 목소리를 내게 된 이성은 원을 타이른다.
"사치를 하는 건 특별한 기분을 느끼기 위해서지. 그런데 특별한 기분을 느끼기 위해 감행한 수많은 사치들은 어느덧 덤덤해지고 더 이상은 사치로 여겨지지 않아.
그렇다고 해서 네가 사치를 누리고 있다는 사실이 변하지는 않아. 잘 먹고, 잘 자고, 좋아하는 일까지 하고 있으니까 이미 충분히 사치를 누리고 있다고."
구구절절 맞는 말이다. 더 이상의 사치는 필요 없다.
원에게 더 이상의 사치는 필요 없다는 당연한 사실을 깨우쳐 준 이성은 맡은 임무를 성공적으로 완수한 것에 기뻐하며 물러간다.

이성이 사라지자마자 원은 정말로 격렬하게 나무 접시를 가지고 싶어졌다.

예측 불허

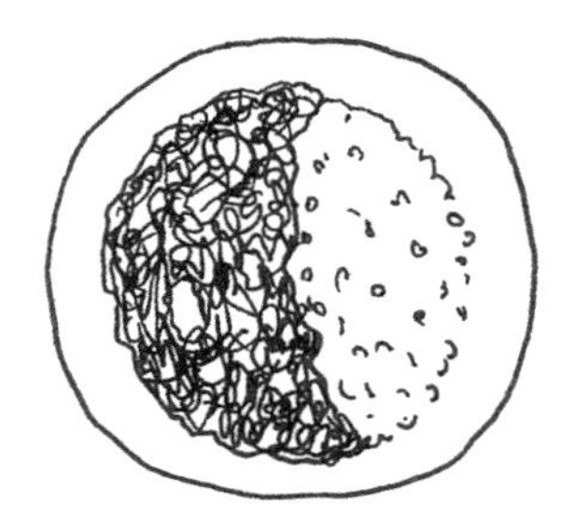

오늘의 예측 불허:
뜨끈뜨끈하고 매운 카레를 다 먹었더니 펭귄이 나왔다.

고원에서 어떤 일이 벌어질지, 어떤 풍경을 보게 될지는 올라가보지 않으면 알 수 없다. 정해진 것이 없으니 무엇이건 상상할 수 있다. 이거야말로 발길 닿는 대로 가는 여행이다.

첫 번째 고원에서 비를 맞았으니까 두 번째 고원에서는 노래를 부를 수도 있고, 잠을 잘 수도 있고, 꽃을 피울 수도 있고, 소원을 말할 수도 있고, 무지개를 볼 수도 있고, 달을 볼 수도 있고, 이슬을 마실 수도 있고, 친구를 만날 수도 있고, 춤을 출 수도 있고, 소원을 말할 수도 있고, 냄새를 맡을 수도 있다.

떠올릴 수 있는 모든 가능성 중에서 원이 제일 하고 싶은 것은 밥을 먹는 것이다. 힘들게 고원에 올라갔다면 제일 먼저 밥부터 먹을 것이다. 첫 번째 고원에서 밥을 안 먹었으니 두 번째에서는 당연히 먹어야 한다.

규는 원에게 작은 밥그릇을 보여주었다. 동그란 밥그릇 안에는 솔방울과 도토리 들이 잔뜩 들어 있다. 밥그릇이 배고프지 말라고 이렇게 잔뜩 밥(솔방울과 도토리)을 담아둔 것이다.
좋아, 이번엔 너다!

두 번째 고원

분홍색 꽃잎이 흩날리는 고원이다. 꽃잎처럼 섬세한 모양의 수저에 흙이 묻으면 안 되니까 수저받침도 준비한다. 달착지근한 조밥도 좋고, 톡톡 터지는 보리밥도 좋고, 밤이랑 콩을 잔뜩 넣은 찰밥도 좋다. 얼룩처럼 보이는 건 작은 벌레다. 야외에서 밥을 먹을 때 벌레는 빠질 수 없으니까.

옹이가 박힌 그릇

그릇에 박힌 옹이가
빠질 것처럼 덜그럭거립니다.

옹이가 박힌 그릇은
한편에 놓인 채 잊혔지요.

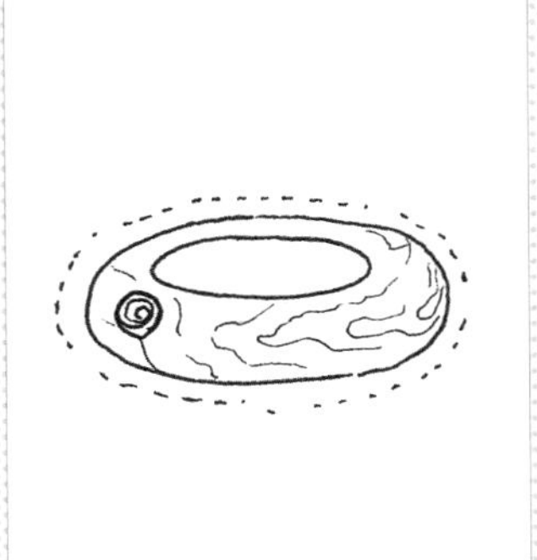

시간이 흐르면서 수분이 날아가고
그릇이 수축하면서

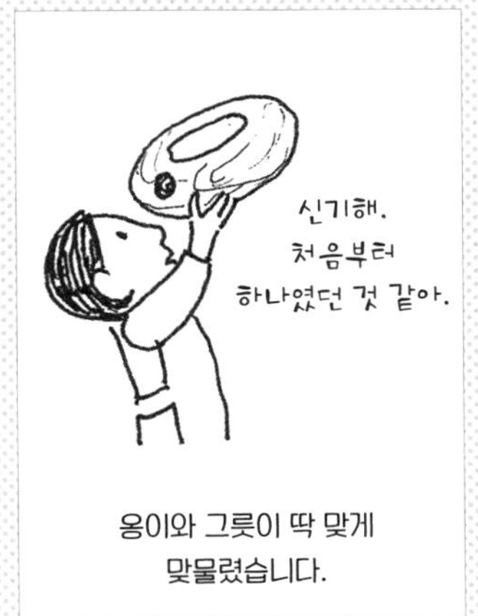

옹이와 그릇이 딱 맞게
맞물렸습니다.

청소

축축한 머리로 바닥을 닦는 중입니다.

밀플라토가 깨끗해졌다. 규가 전시를 위해 대청소를 한 것이다. 목욕재계를 한 밀플라토를 보니 전시를 시작한 것이 실감난다.

하기 전에는 하기 싫고, 할 때는 힘들지만(그래서 원은 배를 질질 끌며 먼지를 털기도 하고, 방금 감아 축축한 머리를 걸레처럼 사용하기도 한다) 청소를 하고 나면 개운한 게 기분이 좋다.

마음을 청소하는 일은 집을 청소하는 일보다 훨씬 어렵다. 청소의 기본은 쓰레기를 버리는 것인데 마음의 쓰레기를 버리는 게 마음대로 안 되기 때문이다.
마음의 쓰레기에 해당하는 것은 화, 억울함, 미움, 질투 등 원을 좀먹고 집어삼키고 소진시키는 감정이다. 이런 감정들을 버리지 못하니까 갑자기 허공에 대고 혼잣말로 욕을 하고, 엉뚱한 지점에서 삐지고, 지난 잘못들을 들추고, 처절한 복수를 꿈꾸곤 하는 것이다. 소심해서 제대로 된 복수도 못 하고 치사한 복수를 꿈꾸지만 이마저도 성공한 적은 없으면서.
그리움이나 슬픔은 쓰레기로 분류되지 않는다. (어디까지나 원의 기준에서) 그리움은 행복의 감정과 맞물려 있기 때문에 소중하고, 슬픔은 그리움과 맞닿아 있어 버리지 못한다. 가끔씩 슬픔이나 그리움을 끄집어내 울고 나면 묵은 감정이 씻겨 내려가는 기분도 든다.

원의 마음속 쓰레기는 거대한 행성을 만들 정도로 어마어마하다. 비우는 게 제일 어렵다더니 진짜 그렇다. 그래서 원은 그냥 쓰레기 더미에 적응해서 살아가는 법을 터득했다.
쓰레기 틈새에 즐거운 마음, 행복한 기억 들을 잔뜩 끼워 넣는다. 그러면 그중 몇몇은 쓰레기에 뿌리를 내리고 자라게 된다.

좋은 것들에 물을 주고 자라는 걸 바라보다 보면 나도 모르는 새에 쓰레기가 조금 사라질 때도 있다(다른 것에 정신이 팔려 까먹어버린 거죠).

언젠가 풀꽃이 쓰레기 더미를 몽땅 뒤덮으면 좋겠다.

순서

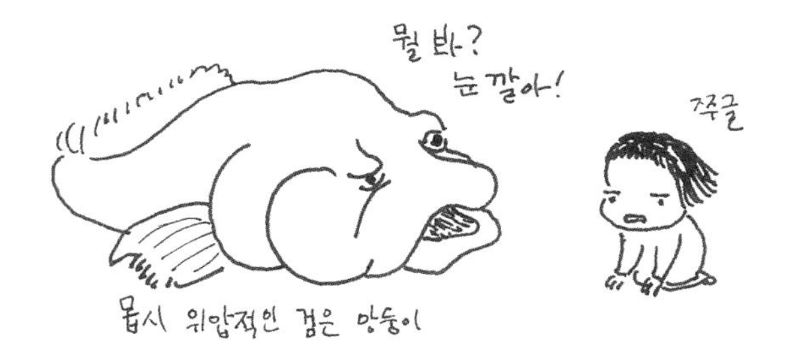

망둥이 앞에 무릎 꿇은 여덟 살의 원

규가 '달'을 만들었다. 규가 달을 열두 번째 고원으로 하고 싶다고 해서 열두 번째 고원을 세 번째로 전시하게 되었다.

폭신하게 부푼 스폰지 케이크를 만들려면 순서를 지켜야 한다. 하지만 순서가 뒤죽박죽인 것도 많다. 기억이 그렇다. 어릴 때 망둥이를 봤던 기억은 생생한데, 어제 오후의 기억은 가물가물하다. 인생 순서도 뒤죽박죽인데 억지로 순서를 매기자니 답답해지고 때를 놓치는 일까지 생기는 건 아닐까?

열두 번째 고원에서 달을 보다

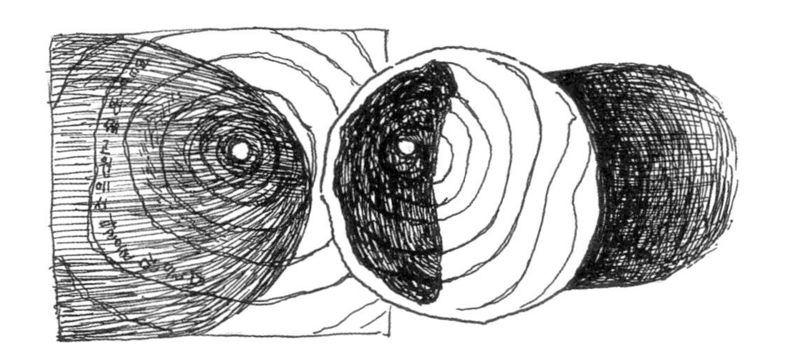

오동나무로 만든 달 그릇입니다. 독특한 질감 때문에 무슨 나무인지 모르는 사람들이 많습니다. 규가 마법처럼 만들어낸 질감이지요.
원은 그릇에 나 있는 작은 구멍에 초점을 맞췄습니다. 그릇 안쪽에 그림자가 드리워졌을 때, 작은 구멍이 밤하늘에서 밝게 빛나는 달처럼 보였거든요.

나무술사

나무의 마술사,
나무술사 규를 소개합니다.

어떤 나무도 규의 손을 거치면

대변신!

이럴 수 있으면 좋겠다.

익숙함

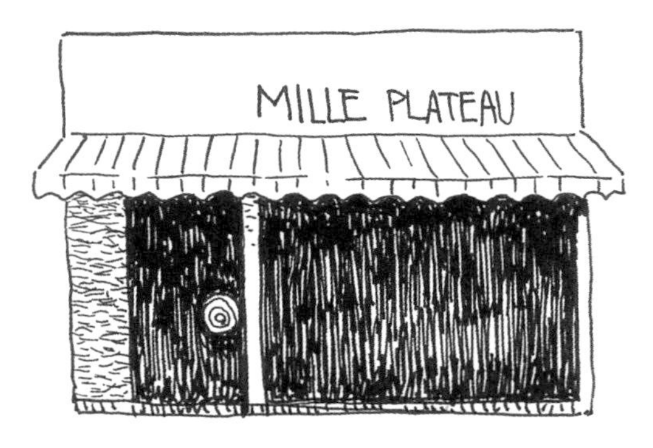

불 꺼진 밀플라토

규가 제주도에 가서 밀플라토는 일주일 동안 문을 닫았다. 불 꺼진 공방을 볼 때마다 허전하다. 몇 달 전만 해도 밀플라토에 불이 켜졌는지 꺼졌는지 알아차리지도 못했는데 그새 익숙해 졌나보다.

어떤 것이 갑자기 사라져서 허전하고 아쉬움을 느낄 때 내가 얼마나 그것에 익숙해졌는지, 좋아했는지를 새삼 알게 된다.

익숙한 것이 사라진 자리는 새로운 것이 채우고, 그 새로운 것에 다시 익숙해진다. 새로운 것에 익숙해지는 과정은 나름대로 재미있다. 낯섦, 놀라움, 설렘, 기대. 이 모든 것이 편안함으로 변하는 느낌이 좋다. 새롭게 익숙해지는 것들 덕분에 너무 공허하지 않을 수 있다. 가끔씩 사라져버린 익숙한 것들이 그립기는 하지만(끝끝내 익숙해지지 못하는 경우도 있다. 익숙해지는 대신 점점 더 싫어지는 건 괴로운 일이다).

앞으로 어떤 새로운 것에 익숙해질지, 지금 익숙한 것들 중 어떤 것이 사라질지는 알 수 없다. 그러니 지금 익숙한 것들을 만끽해야겠다.

변화

원은 노를 젓고 규는 균형을 잡습니다.
이렇게 둘은 항해를 떠나지요. 영치기영차.

규가 돌아왔다. 제주 바다에서 주운 나무와 함께. 일반적으로 나무는 물에 잠기면 썩지만 바다에 빠진 나무는 소금물 때문에 이전과는 다른 성질의 나무로 변한다고 한다.

머리를 짧게 자르자 '달라졌다'라는 말을 들었다. 손톱을 잘랐을 때는 아무도 달라졌다고 하지 않았는데. 오랜만에 사람들을 만나면 변했다는 말을 듣기도 하고 그대로라는 말을 듣기도 한다. 뭘 기준으로 변했다, 안 변했다를 판단하는 걸까?

머리를 자르는 정도의 변화는 의지에 의한 것이지만 대부분은 내 의지가 아니라 어쩌다 보니 그렇게 되어버린 변화다. 그러니까 배가 나오고 주름이 생기지. 이런 변화들을 그냥 받아들이는 수 밖에는 어찌할 도리가 없다.

'변화'를 어찌할 수 없다면 변화를 어떻게 받아들일지는 내가 정할 수 있을까? 나에게 일어난 변화를 좋아할 수 있을까? 그게 어떤 변화라도? 머리카락이 한 가닥만 남아도? 달걀귀신이 되어도? 벌레로 변한다 해도?

원은 지금까지 자신에게 일어난 변화가 만족스럽다. 도무지 눈 뜨고 봐줄 수 없는 과정도 많았고, 지금도 완벽과는 거리가 멀지만 그럼에도 불구하고 만족스럽다. 정말 다행히도.

규는 바다에서 주운 나뭇가지를 새벽 하늘 같은 푸른색으로 물을 들였고, 원은 쪽빛 가지로 세 번째 고원을 그렸다.

세 번째 고원에서 바다를 물들이다

쪽빛 가지가 떠밀려 온 바닷가입니다. 수채 물감을 칠한 트레이싱페이퍼를 여러 겹으로 겹쳐 파도가 출렁이는 바다를 표현했어요. 그리는 내내 평화롭고 행복했던 어린 시절이 떠올랐습니다.

개시!

달랑 네 점을 완성하고 심하게 뿌듯해진 원은 당장 관람객을 부르고 싶어 안달이 났습니다. 정말이지 성급한 원입니다.

쪽빛

규는 쪽빛을 좋아합니다.

침착한 쪽빛을 보고 있으면
마음이 차분해져요.

나무를 쪽빛으로 물들여보지만
원하는 색은 쉽게 안 나와요.

그래도 계속하면 언젠가
쪽빛 달을 만들 수 있지 않을까?

여름

겉모습

규가 만든 입간판

겉만 보고 판단하지 말라는 말이 있다. 그건 그렇지만 겉모습은 내용이 무엇인지 궁금하게 만들기도 하고 내용을 예측하게 해주기도 한다. 물론 오해를 불러일으킬 때도 많다.

언제나 겉모습에 심하게 휘둘리는 원은 밀플라토에 관한 놀라운 사실을 발견한다. 밀플라토에는 쇼윈도가 없다!
쇼윈도는 단순히 겉모습이 아니다. 쇼윈도는 얼굴이다. 도도한 쇼윈도, 귀여운 쇼윈도, 요란한 쇼윈도, 에로틱한 쇼윈도 등등, 쇼윈도는 각자의 방법으로 '나, 이런 곳이야'라고 알린다.

쇼윈도가 없다는 건 얼굴이 없는 달걀귀신이나 마찬가지다.
원이 수십 번도 넘게 밀플라토 앞을 지나다녔는데도 들어가지 않았던 것은 밀플라토가 어떤 곳인지 몰랐기 때문이다. 작업실인지, 들어가도 되는지, 안에 있는 물건들은 파는 것인지 알 수 없었다. 막상 들어와보면 이렇게나 좋은 것이 많이 있는데 말이다.

규가 처음 공방을 차릴 때 창가 쪽에 쇼윈도를 만들려고 했지만 그러면 작업실이 어두운 구석으로 밀려나게 됐다. 기계를 다루고 수업이 이루어지는 작업실은 안전 때문에 밝은 채광이 중요하다. 아무리 그렇다고 해도 '껍데기'를 과소평가할 수는 없다.
원이 제안한 입간판은 만들어지지 않았다. 그 대신 규가 만든 간단한 입간판이 세워졌다.

‘맛’을 알다

처음부터 좋았던 게 아니라 ‘맛’을 알고 나서 좋아지는 것들이 있다.
나무 키우기가 그렇고(식물을 안 키웠는데 떡갈고무나무를 키우기 시작하면서 식물 키우는 맛을 알게 되었다), 엄마가 준 푸른 카메오가 그렇고(너무 옛날 것 같아서 안 좋아했는데 고풍스러운 맛을 알고 나면서부터는 제일 아끼는 물건이 되었다), 설탕 안 넣은 커피가 그렇고, 맥주가 그렇다.

나도 모르는 새에 ‘맛’을 알게 된 것도 있지만 노력해서 ‘맛’을 알게 된 것도 있다. 오래달리기, 스트레칭, 그리고 음악이 그렇다.

원은 음악을 안 좋아한다. 일할 때도 음악을 안 듣고 쉴 때는 더더욱 듣지 않는다. 좋아하는 가수도 없고 콧노래를 흥얼거리는 일도 없다. 노래방은 무지하게 싫어한다. 그런데 어떤 음악가의 인터뷰를 보고는 궁금해졌다.

음악의 아름다움을 느낀다는 게 어떤 건지 궁금했다. 그래서 그 이후로 클래식, 팝, 가요, 판소리, 재즈, 트로트, 록, 랩 등 장르를 가리지 않고 열심히 들었지만 여전히 음악이 좋아지지 않아서 직접 해보기로 했다. 직접 하면 다를지도 모르니까. 그래서 바이올린을 몇 년째 연주하고 있다.

타고난 박자감, 음감, 음악적 감수성이 매우 후진 관계로 여전히 잘 못한다. 원이 연주하면 음악이 아니라 바이올린의 비명이 흘러나온다. 그래도 계속 하다 보니 조금씩 맛을 알게 되었다.

다양한 것들의 맛을 알아가면서 즐기는 것이 더 많아졌다. 그래서 이제는 별로라고 여겨지는 것들도 열심히 들여다본다. 내가 모르던 '맛'이 무엇인지 알게 되면 별로라고 여겼던 것을 즐길 수 있으니까.

동상이몽

소망이 반짝반짝.

욕망이 이글이글.

둘은 같은 걸 보며
다른 꿈을 꿉니다.

첫 관람객

혼자 있을 때 성공한 작가 기분을 내는 규

원의 열정적인 호객 행위의 결과로 첫 관람객(원의 친구)이 왔다. 첫 관람객의 첫 질문은 “전시는 어디에서 해?”였다.
첫 번째 관람객이 전시를 바로 앞에 두고도 못 알아본 것은 눈이 나빠서가 아니라 자기가 보고 있는 것이 도무지 전시라고 여겨지지 않았기 때문이다.

원이 생각하는 완벽한 전시는 넓디넓은 새하얀 공간에 작품들이 조명을 받으며 놓여져 있는 것이다. 전시회의 주인공인 원은 공작 깃털로 만든 부채를 펄럭이며 관람객들에게 자신의 작품을 설명하고 있다. 팔목까지 올라오는 검은 레이스 장갑은 기본이지만, 향수는 뿌릴 필요가 없다. 온 사방에서 성공의 냄새가 나고 있으니까(지금 원은 길에서 받은 영어학원 전화번호가 적힌 플라스틱 부채를 부치고 있고 성공의 냄새 대신 시큼한 땀 냄새만 풍기고 있다).

그런데 이토록 완벽한 전시를 하려 했다면 너무 버거워서 시작조차 못 했을 것이다. 처음부터 완벽한 것을 내놓는 사람들이 있기는 하지만 원은 그런 사람이 아니다. 피카소는 열두 살에 완벽하게 사람을 그렸지만 원은 열두 살에 눈 속에 흰 점이 둥둥 떠 있는 3등신 여자를 그렸다.

완벽하지 않아도 일단 시작을 하고, 할 수 있는 것을 하고, 문제점을 고쳐나가는 것이 원이 선택한 최선이다.
그런데 이건 원의 입장이다. 규는 사람들이 전시라고 알아보지도 못하는 전시를 하는 것이 싫을 수도 있다.
"규 씨도 사람들이 이걸 전시라고 여기지 않아도 괜찮아요?"
규는 조금도 망설이지 않고 대답했다.
"네, 괜찮습니다. 덕분에 전시를 시작하게 되었으니까요."

두 번째 관람객

행운은 잇달아 온다. 관람객도 그렇다.
(불운도 잇달아 오기는 한다)

두 번째 관람객이 왔다. 두 번째 관람객은 전시를 앞에 두고 전시가 어디에 있는지 묻지는 않았다. 그 대신 다른 걸 물었다.
"전혀 몰랐던 사이인데 같이 작업하기에 불편한 부분은 없나요? 서로 대화는 잘 통해요?"
"어어, 아직까지는 불편하지 않아요."
규가 답했다.

가족이나 친구라고 해서 대화가 언제나 잘 통하는 게 아니듯 가까울수록 서로를 '잘' 알고 있다고 착각해서 대화가 더 안 될 수도 있다.

그러니까 이런 식이다.
“어떻게 네가 내 맘을 모를 수 있니?” (어떻게 알 수 있지?)
“어떻게 네가 그런 말을 해?” (백번도 더 할 수 있음)
“넌 날 전혀 몰라.” (앞으로도 모르는 채로 있을래)

가까우면 상대가 나를 이해해주고 공감해주기를 기대하므로 기대에 어긋나면 섭섭해하고 싸우기도 한다. 그런데 다른 사람을 완전히 이해하는 게 가능할까? 나도 나 자신을 이해하지 못하는데.
아무리 많은 시간을 보내도 상대에 대해 완전히 알 수는 없다. 원은 오래 알아왔거나 친한 사람들에 대해서도 ‘잘’ 안다고 생각하지 않는다. 아는 부분보다 알지 못하는 부분이 더 많으니까.
하루 종일 함께 있는 것도 아니고 상대방의 인생을 처음부터 알아온 것도 아니다. 24시간을 함께하고 평생을 봐왔다 하더라도 크게 달라지는 건 없다.
상대방이 표현하지 않은 마음이나 생각들은 알 방법이 없고 굳이 알려고 하지도 않는다. 설령 상대가 원에게 보여준다고 해도 원이 제대로 이해할지 의문이다. 원은 왜곡되고, 걸러지고, 개인적인 생각이 더해진 자신만의 관점으로 볼 테니까.

속속들이 안다고 여기지 않으니까 친구들이 무슨 말을 해도 별로 놀라지 않고 '그런가?' 생각할 뿐이다. '어떻게 그런 말을 할 수 있담?' 대신 '왜 그런 말을 할까?'라고 생각한다. 이해받지 못한다고 느껴도 불평하지 않는다. 피차 마찬가지니까.

이렇게 적어놓으니 꽤 성격이 좋아 보이지만 문제가 상당히 많다. 상대가 싫어하는 짓을 뻔뻔하게 한다거나, 스스로 말도 안 된다고 생각하는 소리를 지껄인다. 아무런 이유도 없이 심술을 부리거나 쪼다같이 굴기도 한다. 원 자신도 왜 그렇게 행동하는지 도무지 모르겠다.

원은 규가 자기를 전혀 이해하지 못해도 별로 속상하지 않다. 어차피 모르는 사이니까. 어쩌면 모르는 사람이어서 대화에 문제가 없는 걸지도 모른다.

대인 관계

사람들을 만나는 게
불편했던 시기가 있었습니다.

그래서 아무도 안 만나고
혼자서 작업에만 열중했지요.

그러자 너무 혼자만의 세계에 빠져
별것 아닌 것도 예민하게
반응하게 되었어요.

세 번째 고원은?

회전의자에 타고 빙빙 도는 원

원과 규는 다음 고원에서 무엇을 할지 정하는 중이다.

'새를 부르다' 어때요? 모이통을 만들거나 새집을 만드는 거죠. 아, 잠깐만. 나무로 알을 만드는 건 어때요? 알에 대고 새를 부르는 거지요. '어서 나와라' 이런 느낌으로.

알이라. 좋네요. 만들어볼게요.

'연을 날리다'는요? 제가 연을 만들고 규 씨는 실패를 만드는 거예요. 잡았을 때 느낌이 좋고, 고리도 있으면 좋겠어요. 연을 날리다 잠시 나무에 걸어둘 수도 있으니까요.

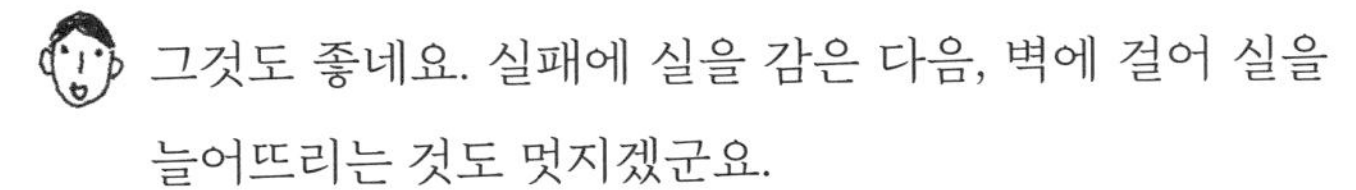

그것도 좋네요. 실패에 실을 감은 다음, 벽에 걸어 실을 늘어뜨리는 것도 멋지겠군요.

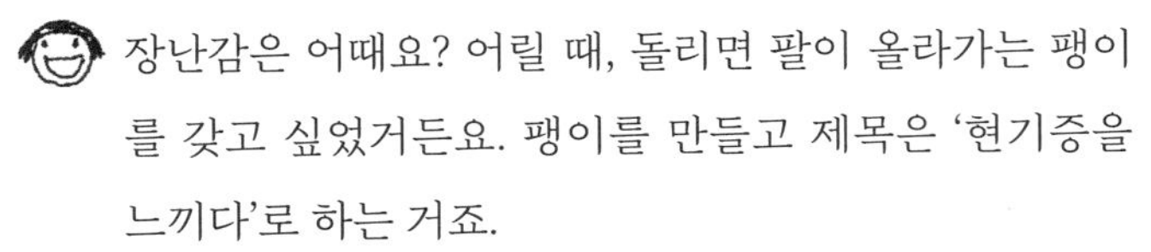

장난감은 어때요? 어릴 때, 돌리면 팔이 올라가는 팽이를 갖고 싶었거든요. 팽이를 만들고 제목은 '현기증을 느끼다'로 하는 거죠.

저 예전에 나무 팽이를 만든 적 있어요.

'지팡이를 짚다' 어때요? 꼬부랑 할머니 지팡이 말고 도도한 도시 여성을 위한 댄디한 지팡이요. 저 예전에 지팡이를 가지고 싶어 했어요. 평범하고 소박한 지팡이가 아니라 임금님이 썼을 법한 화려하고 멋진 지팡이요.

붉은 나무로 만든 곧바른 몸통에, 아랫부분은 놋쇠로 덧대어 땅을 짚을 때마다 하이힐처럼 또각또각 소리가 나요. 손잡이는 둥근 구 모양인데 화장실에서 걸 수 있도록 가죽끈으로 만든 고리가 달려 있어야 하죠. 손잡이는 옥으로, 손잡이와 몸통이 이어지는 부분은 흑단으로 마무리되어야 하고요.

저는 의자를 만들고 싶어요.

완전 좋아요. 저 어릴 때 회전의자에 앉아 빙글빙글 도는 거 많이 했어요. 흔들의자도 좋아했고요. 거기 앉으면 놀이공원에 온 것 같았거든요.

그런 의자 말고 간이역 의자를 만들고 싶어요. 의자에 앉아 기차를 기다리는 거죠. 제목은 '의자를 기다리다'로 하고요.

의자에 '주인 없음' 또는 '자리 비었음'이란 꼬리표를 달면 재미있겠어요.

아, 네. 좋아요.

이런 대화가 몇 시간이고 이어졌고 다음에 하기로 한 것은……

정하지 못했습니다. 하지만 좋은 아이디어는 많이 나왔으니 걱정 없지요.

#생일

언제나 좀 떨어져 앉는 원의 부모님

오늘은 원의 생일이다.

원은 부모님과 점심을 먹고, 규가 좋아할 만한 그림을 골라 밀플라토로 갔다.

"오늘은 제 생일이에요. 그리고 이건 제 생일을 축하하는 선물이에요."

"원 씨의 생일인데 제가 선물을 받아도 되나요?"

규는 당황해했다. 어쩌면 '물물교환을 하자는 건가?'라고 생각했을지도 모른다. 선물을 준 건(그것도 자신의 생일날) 규에게도 좋은 것을 내놓으라는 압박일 수도 있다.
원은 그러고도 남을 인간이긴 하지만 오늘만큼은 그런 의도가 아니었다. 생일을 기념해서 좋은 선물을 주고 싶었다. 일종의 생일 턱인 셈이다.

어릴 때는 생일 선물로 받고 싶은 것이 무지하게 많았다. 지금은 가지고 싶은 건 많지만 선물로 받고 싶다는 생각은 하지 않는다. 이미 더할 나위 없이 좋은 '삶'을 선물받았으니까.

뉴스를 보면 범죄, 내란, 전쟁, 지진, 사고 등등 보기만 해도 아찔하게 힘든 일들이 쏟아져 나온다. 그걸 보면 원은 차마 힘들다고 말할 자격이 없다는 생각이 든다. 이러면서 눈곱만큼이라도 힘들면 '아이고, 힘들어 죽겠네'라고 징징거린다.
부모, 시대, 장소를 골라서 태어날 수 없음에도 불구하고, 평화로운(위기는 있지만) 나라에서 태어나, 굶주리지 않고, 교육도 받았다. 이만큼 건강하고, 웃고, 꿈꾸고, 노력하며 살 수 있는 것 자체가 엄청난 선물이다.

이렇게 어마어마한 선물을 받았으니 아주 조금은 가까운 사람과 나누기로 했다. 보통 때는 욕심쟁이지만 생일날만큼은

덜 욕심쟁이가 되는 것도 나쁘지 않다.

그러니까 규, 두려워하지 마세요. 협박이 아니에요.

회사원 규

예전에 규는 회사에 다녔습니다.

끝도 없이 반복되는 일은
재미가 없고 의미도 없었지요.

목수 일기

아이스크림을 먹다 손잡이의 나무 가시가 박혔다.
(너무 작아 보이지도 않음)

원이 규에게 물었다.

"왜 나무 공방 일을 하게 되었어요?"

규는 대답 대신 책상에 꽂혀 있던 책 『목수 일기』(김진송 지음, 웅진지식하우스 2001, 개정판 『목수 김씨의 나무 작업실』, 시골생활 2007)를 꺼내주었다. 종이는 누렇게 변했고 가장자리는 너덜너덜한 걸 보니 여러 번 읽었던 것 같다.

원은 더 이상 묻지 않고 책을 받아 들었다. 대답 대신 책을 빌려준 데에는 그만한 이유가 있을 것이고, 책을 읽어보면 그 이유를 알 수 있을 것이다. 그래서 집에 와서 규가 빌려준 책을 열심히 읽었다.

『목수 일기』는 문득 목수가 되고 싶어 무작정 목수가 된 사람이 쓴 책이다. 버려진 나무를 주워 사용하기도 하고, 홍수 때문에 떠밀려 왔다가 죽어버린 물고기를 보고 마음이 아파 꺽지 모양의 등을 만들기도 한다. 누군가의 집 마당에 나무가 버려져 있으면 주인에게 말하고 얻어 오기도 하고, 답례로 쓸모 있는 것을 만들어주기도 하면서 목수 일을 열심히 한다.

규도 이 책에 나오는 목수처럼 살고 싶은 걸까? 버려진 나무를 다듬어 쓸모 있는 것을 만들면서, 주변 사람과 관계를 맺으며 말이다. 규와 잘 어울리는 삶일 것 같다. 그런데 여전히 왜 규가 나무 공방을 하게 되었는지는 잘 모르겠다.

돌려 말하면 절대 알지 못하는 원에게 규는 간단하게 말해주었다.
"회사 다닐 때 우연히 『목수 일기』를 읽게 되었죠. 나무를 원래 좋아하긴 했는데 결정적으로 이 책이 도화선이 되었어요. 얼마 후 회사를 그만두고 목공을 배우기 시작해서 결국 이곳에 공방을 차렸고요.

자신이 있었던 것도 아니고 부모님 반대도 심했지만 제가 좋아서 선택한 일이니까 아직까지는 후회하지 않아요."

'으으, 목수란 보통 일이 아니로군.
결코 하지 않을 거야.'

책을 읽고 느낀 점은 사람마다 다르다.

불편함

게으름뱅이를 위한 텔레비전 시청용 두개골 받침대

『목수 일기』에서 가장 원의 마음에 들었던 부분은 '게으름뱅이를 위한 텔레비전 시청용 두개골 받침대'이다.
내용 한 줄 요약: 게으름뱅이가 텔레비전을 매우 편하게 볼 수 있도록 목과 머리에 딱 맞는 받침대를 만들었는데 막상 써 보니 엄청 불편했다.

오오, 정말 그런 것 같다. 물건뿐 아니라 인생도.

원이 좌충우돌, 허둥지둥, 아둥바둥 살아온 건 현실이 마음에 딱 들어맞지 않았기 때문이다. 현실이 불완전하니까 꿈을 꾸고, 불편하니까 더 좋게 만들려고 생각을 한다.
돈이 없으니까 일을 하고, 외로우니까 사람을 따른다.
모난 곳이 많아서 깨지고, 모자란 것이 많아서 배운다.

모든 것이 처음부터 완벽했다면 아마 꼼짝도 않고 널브러져 있다 인생을 마감했을지도 모른다.
불완전해서 다행이다.

그런데 이렇게 생각하는 건 여우의 신 포도 같은 것일 수도 있다. 여우가 높은 곳에 달린 포도를 따 먹지 못하니까 '어차피 시어서 맛도 없을 거야'라고 생각한 것처럼 원도 어차피 완벽하지 못할테니 완벽하지 않아서 다행이라고 여기는 걸 수 있다.

그러면 좀 어때?

정말 불편한데 손가락 하나 까딱하기 싫을 때가 있다.

이럴 거면

완벽하게 독창적인 전시를
하려고 했습니다.

그래서 생각도 열심히 하고
이런저런 실험도 많이 했지요.
그런데

나만의 독창적인 생각이라
여겼는데 이미 누군가
해버렸으면 맥이 탁 풀려요.

이럴 거면 그냥
처음 생각이 떠올랐을 때
확 전시를 해버릴걸.

주특기는 망상

규의 꿈은 스위스 바젤 아트 페어에 참가하는 것입니다. 요를레이.

원의 주특기는 망상이다. 망상이라고 무시하면 안 된다. 원의 망상은 매우 구체적이고 치밀하다.

— 원의 망상 극장 —

전시가 대히트를 치면 구겐하임 미술관에서 초대전을 할 수도 있다. 초대전이면 미술관이 규와 나에게 퍼스트 클래스 비행기표를 주지 않을까? 퍼스트 클래스에 앉으면 라면을 먹을 수 있다고 들었다. 이 기회를 절대로 날려서는 안 된다. 라면을 두 개 끓여달라고 해서 다 먹을 것이다.
프랑스, 영국, 스페인 등 유럽 전역과 미국을 돌며 전시를 하면 진짜 바쁠 것이다. 시차 적응도 보통 일이 아닐 거야.

두바이 갑부가 우리의 작품을 다 사려고 하면 얼마에 팔아야 할지도 고민이다. 규는 양심적인 사람이라 천문학적인 가격을 제시하지 못할 것이다. 그러면 내가 나서서 미친 척하고 엄청 비싸게 부를 거다.
그 돈으로 다락방이 딸린 집을 사자. 1층은 규의 작업실과 전용 전시실로 쓰고, 2층은 카페 바로 만드는 것이 좋겠다. 낮에는 커피나 음료를 팔고 밤에는 칵테일을 파는 거야. 물론 주인은 나지. 전시로 돈을 충분히 버니까 그냥 유지하는 정도로만 장사를 할 것이다. 규와 내가 전시 때문에 해외로 나가는 일이 잦아진다면 사람을 따로 둬야 한다.
나는 다락방에서 일을 할 거야. 끼얏호, 완전 좋아.

— 망상 극장 종료 —

성공한 이후의 계획은 상당히 치밀하지만 성공하기 위한 계획은 없다. 어떻게 성공할지는 모르니까. 그래서 망상인 것이다.

굳이 계획이라고 한다면 단순 무식한 게 하나 있기는 하다. 어떻게 할지 모르겠으니 일단 몸부림!

처음부터 다시

의지여, 불타올라!

규의 마음에 변화가 생겼다.

“하다 보니 욕심이 생기네요. 좀 더 특별한 걸 전시에 넣고 싶어요. 있던 걸 쓰지 말고 새로 만들까 해요.”

엉겁결에 전시가 이루어졌고 그런 느낌이 전시에도 그대로 실려 있었지만 싫지는 않았다. 이것도 감지덕지였다. 하지만 이제 규의 마음이 달라졌으니 전시도 달라져야 한다. 원이 처음부터 다시 방향을 잡자고 하자 규가 미안해했다.

“저야 이미 만들어놓은 것을 전시했지만. 원은 열심히 그렸잖아요. 지금까지 한 게 전부 헛수고가 되는데 괜찮아요?”

물론 괜찮다. 원의 삶은 헛수고의 연속이다. 출판사에 보내는 원고는 반 이상이 퇴짜를 맞고 헛수고로 끝났다. 전력으로 한 연애도 끝나고 지금은 혼자다. 열심히 먹은 음식은 뱃살이 되거나 똥으로 나가버렸다.

원은 헛수고를 할까 봐 걱정하는 시간에 헛수고를 하는 것을 선택한다. 헛수고가 되더라도 일단 하고, 잘못된 것은 고치고, 고칠 수 없을 때는 처음부터 다시 한다. 고칠 수도 없고 다시 할 수 없다면, 아무리 해도 안 되는 일도 있다는 사실을 받아들이는 법을 배운다. 무엇보다 헛수고를 하면 의외의 곳에서 좋은 것이 나오기도 한다.
이만큼 하지 않았다면 핑계와 아쉬움 외에는 아무것도 남지 않았을 것이다. 이만큼 했기 때문에 뒤엎고 처음부터 하고 싶은 마음이 들 수 있는 것이다. 시간 낭비가 아니다.

인생 뭐 있어? 처음부터 다시!

퀭
다시 해보자!

별

규가 불을 끄고 별을 켰습니다.

규가 만든 '별' 조명입니다.

참고로 '규'는 '별 규'(奎)입니다.

가을

갈팡질팡

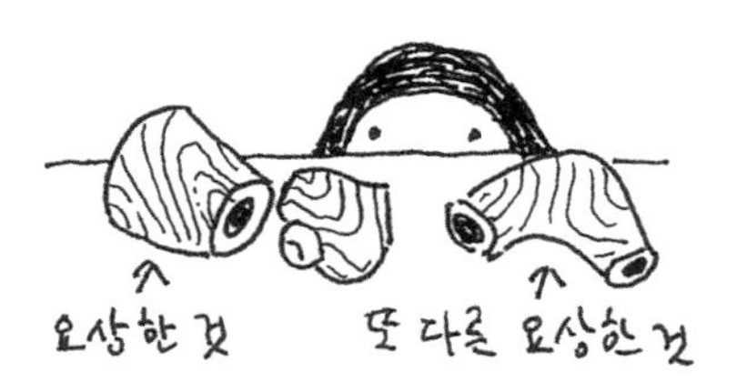

목 빠진 인형을 보는 원

밀플라토에 요상한 것이 등장했다.

"무릎이나 팔꿈치처럼 구부러지는 관절 모양을 만들어봤어요. 안쪽으로 끈을 넣으면……."

원은 규의 설명이 귀에 들어오지 않았다.

"음, 저는 마음에 안 들어요."

말하고 나서 원은 더 열심히 들여다보았다. 마음에 안 든다고 말하는 건 쉽지만 어떻게 해야 좋아질 수 있는지를 알아내는 건 쉽지 않다. 하지만 알아내야 한다.

"이 부분 때문에 형태가 찌그러지고 빈약해 보이는 것 같아요.

여기를 자르면 어떨까요? 그럼 안의 구멍이 드러나면서 예쁠 것 같은데."

원의 말에 규는 바로 작업실에 들어가 나무 관절을 잘랐다. 자르니까 숨어 있던 구멍이 드러나 새롭게 보였다. 이 모양을 크게 만들면 어떨지 묻자 규는 한번 만들어보겠다고 했다.

며칠 후 규의 책상 위에는 또 다른 요상한 녀석이 등장했다.

'고케시(小芥子)'라는 목각 인형인데 목이 딱 맞게 끼워지고 빙글빙글 돌릴 수 있죠. 머리 끝부분은 소용돌이로 만들 거예요. 저만의 특징인 셈이죠."

인형을 구테 옆에 놓으니 작은 구테가 순식간에 거대한 물방울처럼 보인다. 밥그릇, 해변, 달 옆에도 놓아보았다. 인형이 들어가니 감정이입을 하기도 좋고 관절보다 훨씬 마음에 든다.

"이걸로 전시를 해요."

규는 여러 가지 인형을 만들기로 했고, 원은 고케시에 대해 자료 조사를 하고 스케치도 했다.

다음 날 원이 스케치를 가지고 밀플라토에 갔더니 규는 고케시는 치워두고 아예 다른 것을 만들고 있었다. 또 새로운 것이 떠오른 것이다. 원은 이것저것 건들지만 말고 하나를 정하자고 하고 싶었지만 참았다. 규가 원하는 것을 스스로 찾도록 지켜봐야 한다. 섣불리 답, 그것도 원이 원하는 답을 찾으라고 닦달하면 모두 망쳐버릴 것이다.
닦달하지 않고 기다리고 지켜보는 것, 이것 역시 열두 개의 고원을 끝까지 오르기 위한 과정이다. 제일 어려운 과정이라는 게 문제긴 하다.

우연과 의도

규가 고사한 장미목으로 기다란 나무 접시를 만들었다. 짙은 자주색 나무 접시는 매우 멋져서 원은 이 접시를 전시에 넣자고 말했지만 규는 내켜하지 않았다.
“이 접시가 예쁜 건 나무의 색과 무늬 때문이에요. 제가 한 건 자르고 다듬은 것밖에 없어요. 여기에는 어떤 의도도 들어 있지 않죠. 전시에는 제 의도가 좀 더 적극적으로 담긴 걸 내고 싶어요. 그래야 제 작품이라고 여길 수 있을 것 같아요.”

의도를 가지고 한다고 다 좋은 것도 아니고 의도가 없다고 해서 나쁜 것도 아니다. 의도가 없는 것이 훨씬 나을 때도 있다. 의도를 잘못 넣으면 인위적이고 과할 수도 있다.
그럼에도 불구하고 의도를 가지고 만드는 것은 중요하다. 우연에만 기대는 건 벼룩의 등에 올라타고 벼룩이 우연히 달까지 뛰어오르기를 바라는 것과 같다. 어쩌다 한번 좋은 것을 만들어낼지도 모르지만 그 이후로 꾸준히 좋은 것을 만들 수는 없다. 그건 실력이 아니니까.
그렇다고 우연을 배제하거나 무시하자는 것은 아니다. 생각을 정리하고, 더 나은 방향을 찾고, 결정한 방향을 향해 나아가다 보면 생각했던 것 이상을 보여주는 우연을 만나게 될 수도 있다.

규의 말을 듣자 원은 좋은 생각이 났다.
"나무는 크기가 제한되어 있으니까 무늬도 한계가 있잖아요. 그러니까 나무에서는 얼마 보여지지도 못하고 끝나버린 부분을 그림으로 확장시키고 싶어요. 몸이나 현실은 한계가 있어도 상상은 끝이 없는 것처럼요. 나무의 무늬에 기대는 게 아니라 그걸 더 아름답게 살려내는 거예요."
"와, 좋아요. 저도 어떻게 해야 나무의 무늬를 살려 깎을지 연구해볼게요."

의도를 최대한 살리다 보면 굉장한 우연을 만날 것 같다. 오, 기대된다.

규를 만나 전시를 하게 된 건 운명일까, 우연일까?

생각이 많아

규는 생각이 많습니다.

생각은 하면 할수록
점점 많아지지요.

윽, 생각에 깔려 죽겠다.

규는 오늘도 생각이 많습니다.

폭발

원은 나무 무늬를 어떻게 해야 더 도드라지게, 더 아름답게 표현할 수 있을지 고민이다.

'나무 작품은 단순한 모양이어야 한다. 곡선이 들어간 모양도 좋고, 피라미드나 직육면체처럼 직선적인 모양도 좋다.

그림은 어떻게 할까? 커다란 종이에 여러 가지 나무 작품을 올려놓으면 바다에 떠 있는 섬처럼 보일 것 같다. 아니면 똑같은 크기의 정사각형 종이에 각각의 작품을 올려놓을까? 나무 작품이 크면 종이가 상대적으로 좁아 보일 거고, 나무 작품이 작으면 종이가 넓어 보일 거다. 어느 쪽이건 재미있겠다. 규가

만든 것을 몇 개 올려보고 결정해야지.'
원은 규가 어떤 것을 만들었는지 보러 갔다. 규는 나무 무늬를 살리는 작품은 하지 않고 다른 걸 만들고 있었다.

원이 지금까지 여유를 가지고 느긋한 태도를 취했던 것은 원래 여유 있고 느긋한 사람이기 때문이 아니라 전시를 무사히 끝내고 싶고, 규와 잘 지내고 싶었기 때문이다. '위선'이나 '가식'이라고 여길 수도 있지만 원은 진심으로 여유를 가지고 작업을 하고 싶었다.
그러나 이 순간만큼은 그럴 수 없었다. 좁쌀 같은 인내심으로 참을 만큼 참았다. 너무 참으면 병이 난다. 그래서 평정심 따위는 집어치웠다.
"하나만 잡아서 매달려요. 하나를 정하자고요! 이것저것 건드리기만 하면 아무것도 나올 수 없어요. 좋을지 안 좋을지는 해보기 전에는 알 수 없잖아요.
처음 보는 씨앗이 어떤 모습이 될지 알려면 땅에 심고, 물을 주고, 자라도록 기다려야 해요. 그런데 지금 규 씨는 씨앗을 키우는 게 아니라 이 씨앗이 좋을까, 저 씨앗이 좋을까, 마구 뿌려대기만 하는 것 같아요."

원은 흰자를 희번덕거리며 한바탕 하고 싶은 말을 쏟아내고 나서 다시 정신이 돌아왔다.

"아……."

이미 엎질러진 말은 주워 담을 수 없다. 에라, 모르겠다. 원은 갑자기 태도를 바꾸어 공손하게 인사했다.

"제가 광분했군요. 죄송합니다. 저, 그럼 앞으로도 잘 부탁드립니다."

선택

가지 친 갈림길 앞에 서 있는 규

“저도 하나만 정해서 집중해야 한다는 건 알겠는데 자꾸 마음이 바뀌어요. 다 괜찮아 보이는데 확 와 닿는 건 없어요. 그래서 자꾸 이것저것 해보는 거예요.”

다양한 시도를 해보는 건 중요하고, 전시 자체가 급한 것도 아니기 때문에 좀 더 새로운 여러 가지를 해보는 게 좋을 수도 있다. 그럼에도 불구하고 지금 당장 하나를 정해서 집중하자고 한 이유는, 음, 원이 그러고 싶기 때문이다. 이것이 원의 방식이기 때문이다.

원은 좋은 글이 될 거라 확신해서 쓰는 것이 아니라 일단 생각난 것을 쓴다. 쓰고 나서 고치거나 다시 쓴다. 결과를 봐야 어떻게 고칠지, 다시 써야 할지, 그만둬야 할지 판단할 수 있다. 좋을지 안 좋을지는 써보기 전에는 모른다. 머릿속에서만 굴려봤자 알 수 없다. 나쁠까 봐 걱정하는 것도 소용없다.
마음이 계속 바뀌고 망설여지고 정해지지 않는다는 것은 다 고만고만하기 때문이다. 완벽하게 나쁜 것도 없고 완벽하게 좋은 것도 없다. 이럴 때는 하나에 집중해 최선을 다해 좋게 만드는 게 중요하다고 생각한다.

하지만 이건 어디까지나 원의 방식이다. 규는 다르다.
규는 일을 시작할 때까지 마음의 준비 기간을 충분히, 오래오래 가져야 한다. 실컷 망설이고, 변덕을 부리고, 딴짓도 해야 한다. 어떻게 보면 아무것도 안 하는 것처럼 보이지만 결코 아무것도 안 하는 것이 아니다. 규 나름대로 치열하게 준비를 하고 있는 것이다.
그러다 딱 마음이 정해지면 단숨에 일을 끝내버린다.

다듬기

줄타기하는 원

규는 방금 만든 그릇이 마음에 안 든다. 어딘지 부자연스럽다. 무리해서 다듬으려 한 게 문제였던 것 같다.

무리해서 다듬다 보면 원래의 멋까지 망쳐버리고 부자연스러워지는 경우가 많다. 너무 다듬고 매끈하게 만들면 답답해진다. 그렇다고 아무것도 안 하면, 말 그대로 아무것도 안 했기 때문에 아무 결과도 안 나온다. 글이건, 그림이건, 목공이건 '내버려두기'와 '다듬기'가 균형을 이루어야 한다.

인생도 비슷하지 않을까? 아무것도 안 해도 안 되지만 무리해서 억지로 해도 안 된다. 무엇을 얼마나 하는 것이 좋을지 딱 맞게 균형을 잡는 것은 보통 일이 아니다. 그래서 원은 양 극단을 왔다 갔다 한다. 한참을 왔다 갔다 하다 보면 가끔씩 균형이 딱 잡히는 순간이 있다.

잘 보면 이목구비가 있습니다.

고담 시티 조커.

너무 안 해도 문제, 너무 해도 문제.

자연스러움

규는 자연스러움을
가장 중요하게 생각합니다.

그렇다고 본연의 모습 그대로가
제일 좋은 건 아니지요.

어느 정도는 다듬는 것도
중요합니다.

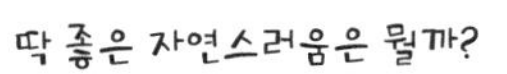

규는 오늘도 생각이 많습니다.

닿을 수 없는 완벽함

달을 보는 원

규가 구를 깎고 있다. 완전한 구가 아니라 미묘하게 일그러진 구다. 엄밀히 말하면 '구'가 아니라 '구'처럼 여겨지는 것이다. 규는 기계로 깎은 완벽한 구를 원하는 것이 아니다. 규는 여느 구와는 다른, 자신만의 멋이 있는 구를 만들고 싶다.
완전하지 않은 구를 만드는 동안 몇 번이나 마음에 꼭 드는 순간들이 있었다. 그 순간마다 멈추고 싶었지만 구를 만들기 위해 계속 깎았다. 그 순간을 모두 떠나보낸 지금은 아쉬움이 남는다.

규에게 '완전하지 않은 구'에 대한 이야기를 듣는 내내 원은 가슴이 두근거렸다. 그리고 규의 말이 끝나자마자 우뢰처럼 부르짖었다.
"저 완전히 좋은 생각이 났어요. 전시 주제를 '구를 향한 여정'이라고 하는 건 어때요? 완벽함을 향해 나아간다는 의미예요. 구란 완벽함을 상징하죠. 우리가 하는 것도 따지고 보면 완벽함에 다다르려는 과정이고요. 그 과정에서 이런저런 결과물들이 나오잖아요. 저희가 하는 것을 여러 단계에 대입해볼 수도 있어요. 구가 생기기 전, 구가 막 생겨나는 단계, 구로 변해가는 중간 단계들, 구가 되기 직전 등등요.
완벽한 것을 만들려고 하지만 완벽한 건 나오지 않을 수도 있어요. 그래도 괜찮아요. 완벽함이란 실제로는 존재하지 않으니까요. 완벽함은 이상, 꿈이나 생각 속에서나 가능한 거예요. 그래서 완벽한 구, 그러니까 완벽함은 관객의 머릿속에서 완성되는 거지요."
말하면서 원은 자아도취에 빠졌다. 자기 생각이지만 훌륭하다. 너무 훌륭해서 소름이 돋는다.
규도 기뻐했다.
"와, 진짜 좋네요. 사실 제가 하는 모든 것은 구의 응용이에요. 목선반 작업을 좋아하는 이유도 구를 만드는 제일 좋은 방법이기 때문이에요. 왜인지는 몰라도 구는 저를 끌어당겨요. 그래서 달도 좋아하죠."

"오오, 그렇군요. 그럼 '구'로 확정?"

"네, 좋습니다."

이번에는 진짜로 정했다. 이제 쭉 달릴 수 있다. 너무너무 기쁘다.

원, 규, 구. 전부 통하잖아. 오오, 이것은 신의 계시.

환골탈태

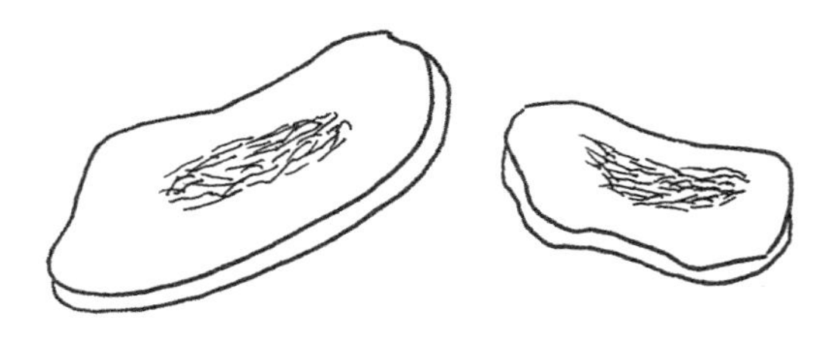

환골탈태한 돼지 뼈

규는 나무가 아닌 다른 재료를 사용하고 싶다고 했다. 규가 고른 재료는 뼈다.
"하얗게 탈색한 뼈로 구를 만들면 멋질 것 같아요. 뼈는 나무와도 비슷한 느낌이 있거든요. 뼈를 얇게 켜면 구멍이 뚫린 조직이 드러나잖아요. 그 구멍으로 빛이 새어 들어오는 느낌을 살리고 싶어요."
하얗게 빛나는 뼈로 만든 구라. 어떤 걸까? 궁금하다.

바로 다음 날부터 규는 뼈를 깎는 작업에 들어갔다.

※ 규의 뼈를 깎는 작업

- 단골 국밥집에서 뼈를 잔뜩 얻는다.
- 깨끗이 씻은 뼈를 톱으로 얇게 자른다. 두께가 3~5mm밖에 되지 않았다.
- 자른 뼈를 오래오래 삶아 안쪽에 엉겨 붙은 불순물을 제거한다(고기 특유의 냄새 때문에 닭고기밖에 먹지 못하는 규에게는 고역이었습니다).
- 락스에 담가 표백한다.

상당히 고된 작업(글로 적으면 달랑 몇 줄밖에 안 되지만)을 마친 뼈는 말 그대로 환골탈태했다. 시커멓던 뼈는 흰 대리석처럼 하얗고 깨끗하게 변했고, 불순물이 제거되어 단면의 구멍들이 선명하게 모습을 드러냈다. 탈바꿈한 뼈는 꼭 바다 생물 같았다.

규와 원은 하얀 뼈를 들여다보며 기뻐했다. 구멍 사이로 이리저리 비치는 빛과 하얀 뼈가 어우러진 구는 섬세하게 빛나는 별처럼 보일 것이다. 모든 준비는 끝났으니 이제 뼈를 서로 이어 붙이기만 하면 된다.

그런데 문제가 생겼다. 시간이 지나자 뼈가 부스러지기 시작한 것이다. 얇게 쪼개고, 불순물을 제거하고자 오래 삶은 데

다가, 탈색을 위해 락스에 담갔기 때문이다. 얼마 지나지 않아 그토록 고생해서 만든 뼛조각들은 푸슬푸슬한 가루가 되고 말았다.

머릿속으로 생각한 것과 현실은 차이가 있기 마련인데 이 경우에는 차이가 컸다.
원이 아쉬워하자 규가 말했다.
"계속 미뤘던 걸 이참에 해봐서 좋았어요. 이제 무엇이 문제인지 알게 되었으니까요. 나중에 문제를 보완할 방법이 생각나면 다시 시도해볼 수도 있겠죠. 하지만 지금으로서는 뼈로 구를 만들 수는 없을 것 같네요."
뼈로 구를 만들지는 못했지만 규가 말한 모양은 원의 머릿속에 남았다. 그래서 원은 종이로, 규가 생각했던 것과 똑같은 모양은 아니지만 자신이 상상했던 모습을 만들었다. 규를 위해서가 아니라 원 자신을 위해서.

종이 뼈로 만든 구

#겉과 속

규가 있는 그릇 안에 들어가는 원

규가 껍질이 붙은 은행나무 그릇을 만들었다. 규는 거친 껍질의 질감을 좋아한다. 전부 매끈하게 다듬는 것보다 보드랍고 하얀 속살과 거칠고 어두운 껍질이 대조되는 것이 훨씬 더 멋지다고 느낀다.

규와 원은 거칠고 어두운 껍질과 보드랍고 하얀 속살만큼이나 다르다. 달라서 이해가 잘 안 가고 힘든 점도 있지만, 서로 다르기 때문에 함께 있으면 혼자서는 할 수 없는 경험을 하게 된다(그래도 가끔씩 혼자 하는 게 더 편하다는 생각은 든다. 혼자서 마음대로 하고 싶을 때가 상당히 많다).

원은 껍질이 붙은 나무 그릇으로 작품을 만들었습니다.
서로 다른 둘이 어우러지면 혼자서는 불가능한 결과가 나오지요.
나무의 무늬를 그림으로 확장시키자는 생각에서
은행나무의 껍질을 그렸어요.

완벽

머리부터 발끝까지 완벽하게
단장을 하면 어색합니다.

낡디낡은 작업복이 편합니다.

톱밥

언제나 주인공은 나야, 나!

나무를 깎아 만든 작품과 함께, 작품을 만들기 위해 깎여 나간 톱밥도 나란히 보여주는 건 어떨까요?
보통 사람들은 깎아놓은 나무 작품만 보지, 깎여 나간 톱밥은 보지 못하죠. 전부 버려지니까요. 그런데 저는 톱밥도 예쁘다고 생각해요. 처음에는 버리기 아까워서 모으기도 했어요. 그러다 보니 주체를 못 할 정도로 늘어나서 결국 다 버렸지만요.
만들어낸 작품보다 톱밥의 양을 보고 '아, 내가 이만큼이나 일을 했구나'라고 느끼기도 하죠. 저한테는 의미가 있으니까 톱밥을 작품처럼 전시하고 싶어요.

오, 완전 좋은데요. 버려지는 톱밥이 주인공이 되는 게 마음에 들어요.

세상에 모든 사람들은 각자의 이야기가 있고, 자신의 이야기에서는 자신이 주인공이다. 영화의 주인공보다 방금 뒤로 지나간 사람의 이야기가 더 흥미로울지도 모른다.
원은 가끔씩 길에 지나다니는 사람들을 보며 저 사람이 주인공인 이야기는 어떤 이야기일지 궁금할 때가 있다. 알 수 없으니까 더 궁금하다.

커피숍에서, 음식점에서, 주변 사람들의 대화에 귀를 기울일 때도 많다. 꼭 들어야 할 말을 듣는 건 재미없지만 듣지 말아야 하는 것이나 남의 말을 엿듣는 건 언제나 재미있다.
한참 다른 사람들의 이야기를 엿듣고 있는데 그 사람들이 자리에서 일어나게 된다든지, 음식이 나와 이야기가 끊길 때에는 뒷이야기가 듣고 싶어 안달이 나는 경우도 있다. 마음 같아서는 그다음에는 어떻게 되는지 묻고 싶지만 그만한 배짱은 없기 때문에 가만히 있는다.

사람들이 각자의 이야기를 가지고 있는 것처럼 톱밥도 자기만의 이야기가 있다.
이번에는 톱밥이 주인공이 되어 자신의 이야기를 들려준다.
규와 원이 이 이야기에서만큼은 주인공이 되어 자신의 이야기를 하는 것처럼.

톱밥, 너란 놈은 정말……

톱밥 더미에 깔린 원과 규

톱밥과의 전쟁이 시작되었다.

규는 톱밥으로 둥근 판 모양을 만들어 래커로 고정한 접시를 만들기도 하고, 믹서기에 갈아서 밀가루 풀에 섞어 빵처럼 굽기도 했다. 규가 중고 오븐을 사서 공 모양의 톱밥 반죽을 넣고 굽자 작은 톱밥 공은 터져버렸고 오븐 안쪽은 파편으로 아수라장이 되었다.
그런데 터져서 나온 모양이 재미있었다. 구가 껍질을 깨고 나오는 것처럼 보였다.

규는 톱밥 반죽으로 커다란 구를 만들어 도자기를 굽는 큰 가마에서 굽고 싶었다. 그런데 톱밥 구가 터지면 가마가 난장판이 될 텐데 과연 누가 허락해줄까?
둘은 괜히 남의 가마를 엉망으로 만들지 않고 작은 오븐을 최대한 활용하기로 했다. 반죽이 오븐 안에서 터진 건 뜨거워진 공기가 나올 구멍을 만들지 않아서 그런 것이다. 얇고 납작하게 만들어 구우면 터지지 않을 것이다. 그래서 납작한 모양으로 만들어 넣었더니……

누룽지가 나왔다. 터지지도 않고 넣은 모양 그대로 나오기는 했는데 성공이라고 할 수 있을지 잘 모르겠다.

규가 또 다른 제안을 했다.
"박물관에서 토기를 봤는데 깨진 부분을 다른 재료로 메웠더라고요. 나무의 흠도 레진으로 메우는 경우가 많아요. 저희도 나무의 흠을 톱밥으로 메워보면 어떨까요?"
"좋아요!"

결과는 대참사였다. 톱밥으로 나무의 흠을 메우는 건 좋은 생각이 아니었다.

규는 아크릴 관을 사서 톱밥을 잔뜩 담기로 했다. 모래시계에 들어 있는 모래처럼, 투명하고 매끄러운 아크릴과 톱밥이 잘 어울릴지도 모른다고 생각했기 때문이다. 규는 다양한 유리 수조와 기다란 아크릴 실린더에 톱밥을 채워 넣었다. 그랬더니……
개미집 같았다.

한 달이 넘도록 마음에 드는 톱밥 작품은 나오지 않았다.

일단 쉬자

생각의 줄을 드리우고 기다리다 보면 의외의 곳에서 답이 나오기도 한다.
문제는 언제 어디에서 어떤 답이 나올지 모른다는 것이다.

규는 막막함에 사로잡혔다.
“저는 목적지까지 단순하게 가지를 못해요. 항상 일을 복잡하게 만들죠. 그러다가 흐지부지되는 일도 많고요.
뭐라도 하고 싶은데 뭘 해야 할지 모르겠어요. 만든 것들은 하나같이 마음에 들지 않아요. 정해진 상이 있으면 그것에 가까워지려고 노력할 수 있는데, 상이 없으니까 어찌할 바를 모르겠어요.”

원도 막막함에 사로잡히는 기분을 알고 있다. 가도 가도 제자리다. 이럴 때는 '무작정'조차 먹히지 않는다. 최악의 경우 아무것도 할 수 없는 상황까지 갈 수도 있다. 이건 꼭 가위눌리는 기분이다. 일어나고 싶은데 몸이 안 움직여진다.

원은 일단 쉬자고 했다. 막막할 때 억지로 결과를 내려고 하면 더더욱 만족스럽지 못한 결과만을 얻게 된다. 그런데 쉬다 보면 좋은 생각이 날 수도 있다. 끝까지 아무 생각도 나지 않을 때도 있고, 쉬는 데 정신이 팔려버릴 때도 많지만.
아무리 해도 해결책을 내지 못하는 건 생각에 사로잡혀 있기 때문일 때가 많다. 조금만 시선을 돌리면 해결책이 있는데 눈가리개를 한 것처럼 한쪽만 보기 때문에 찾지 못한다. 이럴 때 쉬면 생각이 느슨해져서 다른 방향에서 문제를 보게 될 수도 있다.

쉬는 건 단지 멈추는 게 아니라 새로 힘을 얻는 것이다. 자거나 먹는 것도 쉬는 것이지만 달리거나, 텃밭을 가꾸는 것도 쉬는 것이 될 수 있다. 믿기지 않겠지만 수학 문제를 풀면서 쉬는 사람도 있다. 반대로 아무것도 안 한다고 해서 쉬는 것은 아니다. 걱정이 있거나 아프면 아무것도 안 해도 쉬지 못한다.

원과 규에게는 전시를 준비하는 것이 쉬는 것이었는데 어느 새 부담이 되어버렸다. 어쩌면 그게 문제일지도 모른다.
둘은 당분간 전시 준비를 쉬기로 했다. 다른 일을 하고, 친구들을 만나고, 놀고, 구경도 다니다 보면 막막함이 지나가겠지.

모과

모과가 잔뜩 열렸습니다.

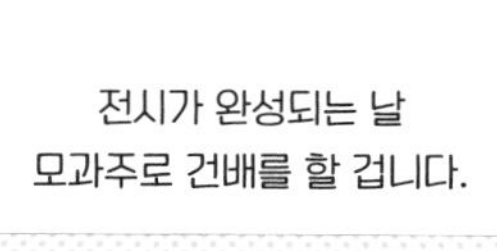

전시가 완성되는 날
모과주로 건배를 할 겁니다.

규의 기대도 달콤하게 익어갑니다.

이런 망할

펑~ 대폭발로 날아가버린 머리.
규가 화가 나면 이렇게 무섭습니다.

"젠장, 이런 망할."
이 말을 한 건 원이 아니라 규다. 정확히 말하자면 규는 '젠장, 이런 망할'이라는 말을 하지 않았다. 원의 표현을 빌린 규의 마음의 소리이다.
규가 평정심을 잃은 것은 바로 이 망할(다시 한번 말하지만 원의 표현) 촛대들 때문이다. 이미 50개나 깎은 촛대는 모양도 이상하고 크기도 지나치게 크다. 왜 규는 이렇게 무지막지한 촛대를 깎고 있는 걸까?

규는 일주일에 한 번 전통 기법으로 나무 떡살을 파는 법을 배우러 다니고 있다. 배워두면 언젠가 써먹을 수 있을지도 모르니까. 그러던 어느 날 떡살 선생은 규가 생각이 너무 많다면서 일단 행동부터 하라고 했다. 그 말을 듣고도 규가 아무런 행동을 하지 않자 촛대를 100개나 깎으라고 한 거다. 그것도 규가 원하는 모양이 아니라 떡살 선생이 정해준 모양대로!

규의 우왕좌왕을 맛본 원은 왜 떡살 선생이 규에게 생각이 너무 많다고 하는지 알 것 같다. 그리고 왜 촛대를 100개나 깎으라고 했는지도 조금은 알 것 같다. 무엇이든 하나를 잡아 계속 매진하는 모습을 보고 싶었던 거겠지.
그러나 이건 규의 방식을 충분히 이해하지 않고 결정한 강요다. 이해를 못 하더라도 규의 방식도 나름대로 의미가 있다고 인정한다면 이런 식으로 촛대를 만들게 하지 않았을 것이다.
규는 자신의 돈으로 산 나무로 촛대를 만들고, 촛대를 만드느라 다른 작업을 하지 못하고 있다. 원이 물었다.
"싫다고 하고 안 하면 되지 않아요? 왜 하는 거죠?"
"한 번도 해보지 않았으니까 하는 거예요. 뭔가 새로운 것을 배울 수 있을지도 모르니까요. 이번에 안 한다면 평생 이런 걸 만들어보지 않겠죠."

도무지 동의할 수 없지만 규가 스스로 한 선택이다. 그래서 원은 그냥 침묵했다. 자기라면 절대로 그렇게 안 했을 거라고 속으로만 생각하면서.

너를 위해서

남이 나를 고치려고 하면 짜증이 난다. 짜증이 나도 고쳐야 하는 이유가 납득이 가면 열심히 고치려고 한다. 그러면 상대방은 더욱 열 받아서 어쩔 줄 몰라 한다. 이거야말로 나를 고치려는 것에 대한 최고의 복수다. 으하하.

상대방은 나를 위해서 고치려는 것이 아니다. 자신이 원하는 대로 내가 바뀌기를 바라기 때문에 고치려는 것이다. 그러면서 '너를 위해서'라고 말하는 건 상대를 바꾸고 싶어 하는 자신의 욕심을 그럴듯하게 포장하는 말이다.

상대를 존중한다면 섣불리 내 마음대로 바꾸려 하지 말아야 한다. 그래서 원은 아무리 싫은 사람이라도 굳이 고치려 하지 않고 그냥 싫어하기만 한다. 싫은 상대를 고치려고 하는 것 자체가 무지하게 피곤할 뿐인 데다 자기 자신도 못 고치는 마당에 남을 고치는 건 불가능하다. 그리고 싫은 마음이 너무 커지면 심술을 부린다.

원 역시 상대를 바꾸고 싶은 마음이 들 때가 있다. 그럴 때는 '너를 위해서' 가 아니라 '나를 위해서' 고치라고 한다.
물론 효과는 전혀 없다. 그래도 이런 말을 하는 건 속이 후련해지기 때문이다.

집어치워!

며칠 후 규의 촛대 작업은 다 끝났다. 100개를 완성한 게 아니라 그만두기로 한 것이다.

"깎으면 깎을수록 더 하기 싫고 왜 하는지 도무지 모르겠더라고요. 아무래도 좋아할 수 없었어요. 그렇게 말씀드렸지만 선생님은 계속 자기 말을 들으라고 밀어붙이기만 하시더라고요. 배우는 자세가 되지 않았다고."

규의 말을 듣고 지나치게 감정이입을 한 원에게 부작용이 생겼다. 성질이 폭발한 것이다.

"깽판을 쳐요. 삿대질을 하고 소리를 지르라고요."

“저는 그렇게 하기 싫으니 강요하지 말아주세요.”

규의 말에 원은 제정신이 돌아왔다.

“네. 죄송합니다.”

규는 웃으며 손을 저었다.

“괜찮아요. 공감해주셔서 고마워요. 아무튼 이제 떡살 선생님과는 안 보기로 했습니다. 자기 말을 듣지 않을 거면 목공을 때려치우라고 하더라고요. 말을 계속 들을 생각은 없고 목공을 때려치울 생각도 없으니 그냥 선생님을 안 보는 걸로 결정을 했지요.”

“오, 현명한 선택입니다.”

규는 씁쓸하게 말했다.

“배우는 것이 있을 거라 여겨서 여기까지 왔는데 아무것도 배우지 못했네요.”

규의 말에 원이 주먹을 내리쳤다.

“배운 게 있죠. 그 떡살 선생이 망할 놈이라는 것.”

“아아, 네.”

“맥주나 마시러 가죠! 그리고 이제부터 다시 전시를 불태우는 거예요.”

말하지 못하는 것에 대해서는 말하지 마라

태어난 의미에 대해
말해보아라.

말하지
못하는 것에
대해서는
말하지 않겠어요.

말해보라고!

비트겐슈타인이 한 말인데
갑자기 떠올랐지요.

이 말에 떡살 선생은
더욱더 화를 냈습니다.

틀

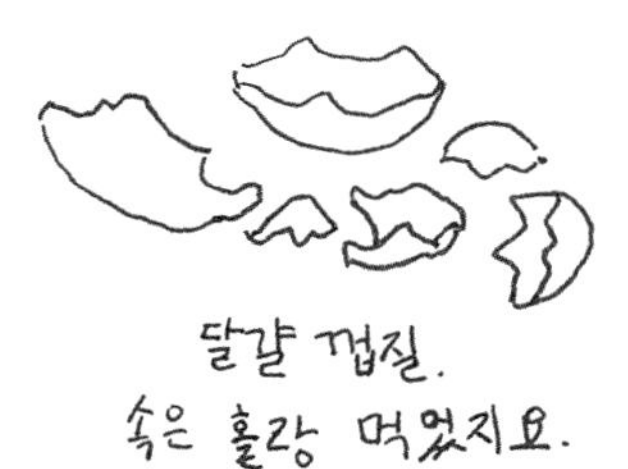

규가 물었다.

"어떻게 해야 틀을 깰 수 있을까요?"

틀을 깬다는 것은 익숙한 대로 하지 않고, 절대 못 한다고, 안 한다고 여겼던 걸 해내는 것이다. 특별한 줄 알았던 나의 생각이 무수히 많은 생각 중 하나였을 뿐이란 걸 깨닫는 것이다. 그래서 틀을 깨는 것은 어렵다. 아무리 노력해도 안 될 수도 있고.

그럼에도 불구하고 원은 나름의 방법으로 틀을 깨왔다. 매우

작은 틀이라는 것을 명심해야 한다. 타고난 그릇이 간장 종지,
가 아닌 치약 뚜껑만 하다. 그래서 여전히 쪼다이다. 아마 앞
으로도 쭈욱.

- 첫 번째 단계: 틀을 깨려고 마음을 먹는다. 지금보다 나아지고자, 적어도 달라지고자 하는 마음이 들어야 한다.

- 두 번째 단계: 틀을 깨는 과정이 즐겁지 않다는 것을 인식한다. 틀을 깨는 것은 익숙하고, 편한 곳에서 나와 낯설고 불편한 곳에 머리를 쑤셔 넣는 것이다. 다른 생각을 인정하고, 충고나 수정 사항을 받아들이며, 우주처럼 광대하다고 여겼던 나의 능력이 사실은 코딱지만 하다는 사실을 정면으로 마주해야 한다. 강력한 거부감이 드는 단계로 상당수가 발걸음을 돌린다.

- 세 번째 단계: 익숙하지 않은 것, 싫은 것 들을 꾸역꾸역 한다. 도무지 더 이상은 못 하겠다고 여길 때까지. 이 단계에서 많은 수가 틀 안으로 돌아가버린다.

불쾌하고 힘들어도 틀을 깨려는 것은 성장한 자신을 보고 싶

기 때문이다. 세 번째 단계까지 다 거쳤는데 이전이 더 좋다면 다시 이전으로 가면 된다. 그런 경우에도 안 가봤던 길을 가봤기 때문에 '이전'을 다른 방향에서 보게 된다.
규가 촛대를 깎았던 것도 틀을 벗어나기 위해서였다. 규가 이미 가지고 있던 틀 안에서라면 절대 안 했을 것이다. 전시도 마찬가지다. 원과 규는 서로 함께 틀을 깨려는 것이다.

그런데 여기에 무시무시한 반전이 있으니 그것은……

어떤 틀이건 깨고 나면, 방금 깨버린 틀 밖의 세상이 깨야 할 틀이 되더라고요!

틀 너머 틀. 하이고…….

초심

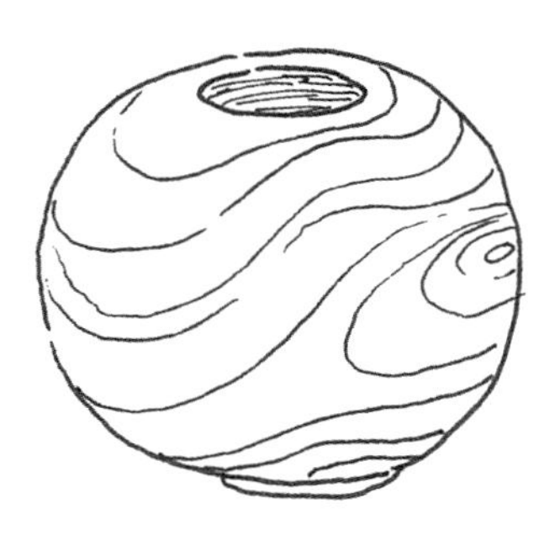

규가 둥그렇고 커다란 달항아리를 만들었다. 마지막 고원에 넣었던 달그릇은 이 달항아리의 질감을 위한 실험작이다. 달항아리는 규가 원을 만나기 훨씬 전부터 만들려고 했던 것인데 이런저런 실험과 연습을 하느라고 만들기까지 시간이 걸렸다.

규가 좋아하는 보름달 같은 항아리를 보자 원은 마음이 '쿵' 내려앉았다.

의무와 책임이 넘쳐나는 일상 속에서 전시가 오아시스가 되었던 건 부담 없이, 단지 하고 싶은 마음이 컸기 때문이다. 그런데 어느 순간부터 부담이 생기고, 싫어도 해야 하는 것이 되어버렸다. 그리고 그 순간부터 막히기 시작했다.

원: 아, 나의 �달이 한몫을 한 건가…….

규: 아니에요.

톱밥이어야 할 필요도 없고, 의미가 있어야 할 이유도 없다. 그냥 좋다. 그냥 하고 싶다. 그냥 만들고 싶다. 이거 하나면 충분하다.

그냥 하면 된다. 그냥 시작된 것처럼.

아이스크림

규는 팥빙수는 싫어하지만
우유 맛 아이스크림은
사계절 내내 먹지요.

더운 날에는 시원한 맛으로,
추운 날에도 시원한 맛으로 먹지요.

별을 쬐며 아이스크림을 먹으면
어린 시절로 돌아간 기분이에요.

앗, 아이스크림이 녹아요.

겨울

하필이면……

원은 크리스마스 장식을 시작했다. 하나둘 모아온 유리구슬들을 나무에 매다는데 제일 아끼는 초록색 구슬이 툭 떨어지면서 하필이면 두 번째로 아끼는 에펠탑이 그려진 유리구슬에 부딪혀 다 같이 산산조각이 나버렸다.
속상한 마음을 달래기 위해 원은 나무 구슬을 만들기로 했다.
'유리구슬이 깨진 건 나무 구슬을 만들라는 하늘의 계시가 분명해!'

원은 규에게 크렘린궁전 지붕 모양의 구슬과, 늘씬한 돔처럼 생긴 구슬, 오뚜기 모양 구슬, 길쭉한 구슬과 뚱뚱한 구슬 등을 서로 다른 나무로 만들어달라고 부탁했다. 크리스마스 구슬이니까 두 개는 특별히 화사한 분홍과 밝은 녹색 옻을 칠해달라고 했다.
규가 컬러 옻칠은 안 해봐서 어떻게 될지 잘 모르겠다고 했다. 게다가 컬러 옻은 비싸서 값도 더 나갈 거라고.
"괜찮아요. 그래도 컬러 옻 구슬을 만들어주세요. 구슬값은 미리 드리겠습니다. 재료를 사려면 돈이 필요하시니까요."

다섯 개나 되는 나무 구슬 값을 모두 지불한 며칠 후, 예쁜 나무 구슬 세 개와 딱 봐도 망친 게 분명한 컬러 옻 구슬 두 개가 생겼다. 모양은 좋은데 색이 문제다. 상큼한 녹색이 아니라 썩은 두꺼비 알 같다. 게다가 분홍은, 음, 이토록 우중충한 분홍이 존재할 수 있다는 사실을 처음 알게 되는 순간이다.
"옻은 온도와 습도에 민감해요. 공방이 추워서 이렇게 색이 우중충하게 나와버렸어요. 이건 제 능력이 부족해서 그런 것이니 환불해드리겠습니다."

원이 의뢰하지 않았다면 규는 이런 걸 만들지 않았을 것이다. 규가 옻칠 전문가가 아니라는 사실도 알고 시작한 일이다. 그렇다면 규에게만 책임이 있는 것이 아니다.
원은 환불받지 않고 색이 제대로 나올 때까지 기다리겠다고 했다.
"그렇지만 겨울에는 아무래도 힘들 것 같아요. 공방에 난방이 잘 안 돼서 색이 피어나지 않거든요. 봄이 와야 옻 색이 제대로 나올 거예요."
"봄까지 기다리죠. 내년 크리스마스에 달면 돼요. 올해에는 요 녀석들로만."

크리스마스 삼총사. 내년에는 오총사가 되길.

칠해버렸다

바위가 아닙니다. 저지르고 나서 후회로 몸부림치는 원입니다.

원은 규가 깎다가 망친 그릇을 가져왔다. 전시에 들어가는 것 중 하나는 규가 실패했다고 여기는 것으로 하고 싶었다. 서로의 단점을 서로가 가진 장점으로 보완하는 작품인 것이다.
이번에는 나무 그릇에 직접 색칠할 것이기 때문에 어느 때보다 신중했다. 시작하기 전에 수없이 머릿속으로 그려보고, 시험 삼아 종이에다 그려도 보았다. 기왕이면 규라면 선택하지 않을 색으로 칠하고 싶었다. 그래서 분홍과 민트색을 골랐다.
며칠 동안 고심하다가 시작했는데, 막상 나무에다 칠하다 보니 다른 색, 다른 무늬를 넣을걸, 하는 후회도 들었다. 흰색이 섞인 남색과 흰색을 칠했다면 별 무리 같은 느낌이 났을 것이다.
그렇게 오래 생각했는데 왜 이 생각은 안 떠올랐는지, 하필이면 돌이킬 수 없는 시점에 생각이 난 건지 모르겠다. 하지만 만일 남색과 흰색을 썼다면 지금 이렇게 생각했을 것이 분명하다.
'아아, 핑크랑 민트로 할걸. 그럼 더 화사하고 몽환적인 느낌이 들었을 텐데.'
생각했던 것을 죄다 실행하고 그중에서 제일 좋은 걸 고를 수 있다면 문제가 없겠지만 지금 이렇게 생긴 나무 그릇은 단 하나뿐이다. 뭘 했어도 하지 않았던 것에 대한 아쉬움은 남았을 것이다.

주사위는 던져졌고 색은 이미 칠해졌다.

밀어붙여

일을 완성할 때 제일 힘든 것은 의심이다.
'과연 잘할 수 있을까? 이게 무슨 의미가 있을까? 잠깐 신나지만 지나면 이전이랑 달라진 게 없겠지. 왜 하는 걸까? 하지 말걸 그랬나?'
온갖 생각이 난무할수록 의심이 많아지고 모든 것이 허망해진다. 그래도 밀어붙인다. 어떤 형태로든 끝맺음을 하지 않으면 아쉬움이 남으니까.

규는 밀어붙이느라 피폐해진 원을 달래려 했다.

"12고원 때문에 부담 느끼지 않으면 좋겠어요. 저는 원과 함께 이런저런 작업을 하는 것 자체가 재미있고 좋거든요. 제가 생각만 하고 미뤄왔던 것들도 이참에 하게 되었고요. 뼈나 톱밥처럼 말이에요. 그걸로 충분해요."
규는 다정하게 말했지만 원은 포악하게 울부짖었다.
"부담 갖지 않을 거였으면 시작도 안 했겠지요. 제가 시작을 했다는 건 엄청난 부담을 짊어지더라도 끝을 내겠다는 거라고요. 그러니 부담 갖지 말라는 말은 하지 마세요. 크앙."

얼마 전에 초심으로 돌아가 즐겁게 하겠다고 생각했지만 지금은 마음이 바뀌었다.
즐기긴 개뿔? 악으로 끝낼 것이다.

밀어붙이느라 지쳐서 잠들었음.

친한 후배

후배는 원이 감히 시도하지 못한
필살기, 머리 올려 묶기를
거뜬히 해냅니다.

원의 뒤통수에 달린
제3의 눈이 뜨였습니다.

죄송합니다

엎질러진 간장

규가 원에게 화가 났다. 원이 규와 자신의 다름을 신경 쓰지 않고 원의 방식으로 휘몰아쳤기 때문이다. 그냥 마음 한구석에 넣어두고 넘어갈 수도 있었지만 규는 원에게 솔직하게 왜 화가 났는지, 얼마나 화가 났는지 말했다.

규의 말을 듣는 동안 원은 놀랐다. 규가 자기 때문에 화가 난 줄 몰랐기 때문이다. 규의 표정이 안 좋아 보였지만 막연히 피곤하거나 뭔가 생각할 거리가 있어서인 줄로만 짐작했다.

규의 말을 듣는 동안 원은 규가 자신이 무심코 했던 말들에 상처를 받았다는 사실을 알게 되었다. 그리고 저도 모르는 사이에 오해가 커졌다는 사실도 알게 되었다. 자신의 생각에 규도 동의할 거라 여겼고 자신이 재미있어하는 것을 규도 재미있어할 거라고 여겼다. 전혀 그렇지 않았다. 모든 것은 원의 착각이었다.

내가 좋아하는 상대가 나에게 화가 났다는 것을 아는 것은 마음이 아프다. 하지만 규가 말하지 않고 아무렇지도 않은 것처럼 대했다면 원은 계속 규가 화가 났다는 사실을 몰랐을 것이고, 규는 원을 더 싫어하게 되었을 것이다. 그건 더 싫다.
화가 나지 않게 했다면 좋겠지만 이미 규는 화가 나버렸다. 지금 원이 할 수 있는 것은 미안하다고 하는 것이다. 규의 오해라고 여겨지는 부분까지 통틀어서.
원은 진심으로 사과했다.
"정말 죄송합니다. 화나게 하려는 의도는 없었지만 화가 나게 해서 미안해요."

나에게만 진실

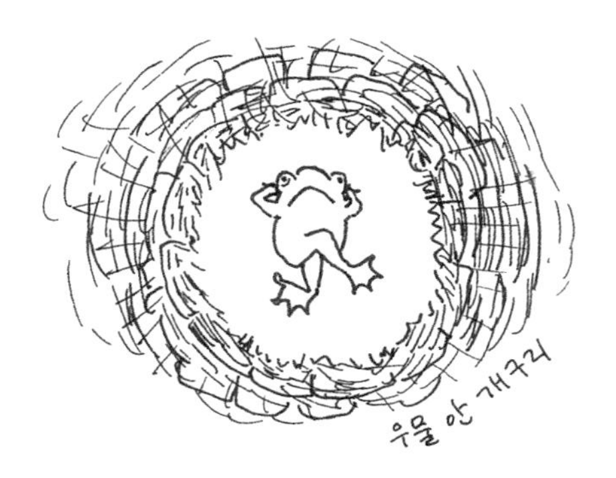

아, 세상은 참 넓고 하늘은 동그랗구나.

'이것은 이래야 한다. 무엇은 어떠하다. 무엇은 해서는 안 된다' 등등 단호하게 말했던 것들이 시간이 지나고 상황이 달라지면 '어라, 어라, 어라라라' 바뀌어버리기도 한다.

- 20대 때는 절대로 원피스에 운동화를 신지 않았는데 지금은 매일 원피스에 운동화를 신고 다닌다.
- 영원히 우정을 지속하지 않으면 진정한 친구가 아니라고 믿었다. 그런데 지금은 우정을 지속해야 한다는 부담을 느끼면 친구가 되기 힘들다.

- 사랑하면 아무것도 숨기지 말고 다 보여줘야 한다고 믿었다. 그런데 지금은 사랑하려면 혼자 감당하는 것도 있어야 한다고 생각한다.
- 스스로 독립적인 사람이라고 믿었다. 그런데 웬걸. 전혀 독립적이지 않다. 주변에 계속 좋은 사람들이 있었기 때문에 뭘 몰랐던 것 뿐이다.

진리라고 믿었던 것이 뒤집어지고, 절대로 하지 않을 거라 여겼던 것을 태연히 하게 되면서 원은 우기지 말아야겠다고 결심했다.
그런데 결심했다고 결심한 대로 되는 건 아니다. 원은 어느새 또 우기곤 한다. 그래도 이전처럼 자신 있게 우기지는 않고 찌뿌둥하게 우긴다. '앞으로는 어떻게 될지 모르겠지만 지금으로서는'이란 표현도 자주 쓴다. 여지를 남겨두면 나중에 번복하기가 쉽다.
우기고 나서 바로 꼬리를 내리는 것도 새로 터득한 기술이다. 너무 강력하게 우기면 나중에 민망해지니까 살짝 여지를 두는 것이다.

길에서 받은 휴지에 적혀 있었습니다.

계획

규는 계획 세우는 것을
매우 좋아한다.
그래서 어마어마하게
계획을 세운다.

계획을 세운다고
전부 실행하는 것은 아니다.
계획은 실행하는 것보다
세우는 것이 재미있으니까.

규의 가장 원대한 계획은
노후 계획이다.

저는 사후 계획이 있어요.
귀신이 될 거예요.
우~~

원은 무서운 여자입니다.

#타이밍

규가 깎던 그릇이 깨졌다. 멈춰야 하는 타이밍을 놓쳤기 때문이다.
원도 그리던 그림을 망쳤다. 아까 손을 놓았어야 했는데 계속 붓질을 했기 때문이다.

타이밍은 중요하지만 딱 좋은 타이밍을 맞추는 건 보통 일이 아니다. 지나고 나서야 타이밍을 놓쳤다는 것을 깨닫기 때문이다. 물건을 만들거나 그림을 그릴 때도 딱 좋은 타이밍을 맞추기가 어려운데 인생에서 타이밍을 알아차리는 게 가능

할까?

원은 좀처럼 타이밍을 맞추지 못하지만 자신에게 생긴 모든 일은 딱 좋은 타이밍에 일어난 것이라 여긴다. 개떡 같던 일도 지나고 나면 '딱 그때' '딱 그런 일'을 겪어서 다행이었다.

※ 나이스 타이밍이라고 생각하는 것들

- 개판으로 끝나버린 연애. 딱 적당한 때 만나서 딱 적당한 때 헤어졌다.
- 딱 서른에 책을 쓰기 시작한 것. 더 일렀다면 다른 경험을 못 했을 것이고, 더 늦었다면 아직까지 못 썼을지도 모른다.
- 스물일곱 살에 바이올린을 배우기 시작한 것. 더 일찍 시작했다면 그만두었을지도 모르고, 더 늦었다면 여전히 못 했을 것이다.

이 모든 일들이 '지금'을 만들었고, '지금'은 만족스러우니까 결국 모든 일은 최고의 타이밍에 일어난 거다.

그리고 무엇보다 지금 규를 만나 전시를 하는 건 최고의 타이밍이다.

불만

지구 밖으로 던져버리고 싶다.

직장 생활 8년차인 친구를 만났다. 친구는 몇 년째 반복되는 똑같은 불만을 늘어놓았다.
"일이 너무 많아. 상사가 너무 까다로워. 지겨워 죽겠다. 회사 그만두고 내가 좋아하는 일 하고 싶다."
만날 때마다 회사를 그만두겠다고 하지만 친구는 회사를 그만두지 못한다. 돈도 돈이지만 좋아하는 것을 찾지 못했기 때문이다. 좋아하는 게 뭔지 모르겠고 하고 싶은 것도 없다. 지금 하는 일보다 더 잘할 자신이 있는 일도 없다. 그러니까 싫어도 회사를 계속 다니는 거다.

예전에는 친구가 힘들다고 하면 열심히 맞장구를 치고, 덜 힘들 수 있는 방법도 생각해보고, 친구가 좋아할 만한 것을 같이 찾았다. 그러면 친구가 불만을 떨치고, 기운을 내고, 좀 더 행복해질 거라 여겼다. 그렇지만 친구의 불만은 줄어들기는커녕 더 많아졌다.

이제는 원이 친구의 불만에 불만이 생겼다.
'모든 것을 싫어하기로 작정한 것 같아. 좋아하는 것을 찾지 못하는 이유는 불만에 빠져 사느라 그럴지도. 아, 듣기 싫다. 내가 불만 쓰레기통이 된 것 같아.'
원은 친구가 불만을 늘어놓는 도중에 그냥 일어나버려 밀플라토로 갔다.

규는 언제나처럼 수줍은 미소를 띠고 원을 맞이했다. 새로운 나무들을 잔뜩 구입해서 신나 있는 상태였다. 규는 새로 산 나무들을 원에게 보여주며 하나하나 설명해주었다. 그리고 말끝마다 덧붙였다.
"정말 예쁘지 않나요?"
원은 고개를 끄덕이며 규의 이야기에 귀를 기울였다. 나무에 대한 설명을 마친 규는 각각의 나무로 무엇을 만들고 싶은지 말했다.

원은 규의 말을 모두 이해하지는 못했지만 상관없었다. 규와 함께 이야기를 나누는 것이 즐겁다. 좋은 것을 상상하고, 상상한 것을 어떻게 실행할지에 대해서 말하다 보면 몇 시간이 훌쩍 간다. 둘의 대화에 투덜거림, 불평, 험담 같은 것이 끼어들 새가 없다.

원은 왜 규와 있는 것이 즐거운지 깨달았다. 함께 나아가려고 하기 때문에 좋은 것이다. 좋아하는 것에 집중하기 때문에 재미있는 것이다.

진작에

그릇에 소복하게 톱밥을 담았다.

“원래 한 몸이었지만 깎여나간 부분을 다시 담는다는 의미예요.”

정말 단순한데 자연스럽고 예쁘다.

왜 진작 이런 생각을 못 했을까?

이제라도 이런 생각을 하게 된 건 그동안의 시행착오 덕분이겠지.

뒤통수

괜히 심술을 부리는 원입니다.

규의 상냥함에 원의 심술이
녹아내렸습니다.

쓸모없다

어떤 손님이 달항아리가 어디에 쓰이는 건지 물었다. 규가 잘 모르겠다고 했더니, 왜 쓸모도 없는 걸 만들었느냐고 물었다. 학교교육이 쓸모없다, 수학이 쓸모없다, 예술이 쓸모없다 등등 무엇인가가 쓸모없다고 말하는 건 말하는 대상이 쓸모가 없는 게 아니라 자기 자신이 쓸모를 보지 못하는 것이다.

규는 손님이 돌아간 후 달항아리에게 가만히 속삭였다.

"너는 쓸모없지 않아. 나를 이렇게나 기쁘게 해주는걸."

딱히 쓸모를 찾지 못한 달항아리가 너무나 소중한 규입니다.

한계

병아리가 작은 날개를 파닥거려
결국 탈출에 성공했습니다.

전시에 뭔가 색다른 것을 넣고 싶은 마음에 원은 규에게 나무에 조각을 하면 어떨지 제안했지만 규는 고개를 저었다.
"나중에는 모르겠지만 지금은 조각을 할 자신이 없어요. 그건 저의 한계 밖의 일이라고 생각해요.
예전에 석조에 관심을 가졌던 적이 있어요. 얼핏 보기에는 별것 아닌 것처럼 보여도 자세히 보니 엄청난 공이 들어갔더라고요. 그때 '조각은 아무나 하는 것이 아니구나'라고 깨달았어요. 언젠가는 저도 조각을 시도해보고 싶지만 지금은 제가 할 수 있는 것에 전념하고 싶어요."

자신이 뭘 할 수 있을지, 할 수 없을지 아는 것은 중요하다. 아무래도 안 되는 일에 계속 매달리는 건 불행해질 수도 있으니까.
그렇다고 언제까지 한계 안에서 움츠리고 있을 필요는 없다. 해보기도 전에 지레 겁을 먹고 못 한다고 회피하란 말은 더더욱 아니다.

자신의 한계를 알고 인정하면, 그때부터 한계를 넓힐 다른 방안을 찾으면 된다.
원은 소설을 쓰고 싶었지만 한계에 부딪혔다. 계속 소설가가 되려고 몸부림을 칠 수도 있었겠지만 원은 다른 길을 택했다. 소설가로서 자신의 한계를 알았기에 다른 곳에서 한계를 넘어서기로 한 것이다. 그렇게 해서 어린이가 읽는 논픽션을 쓰게 되었다.
얼결에 우연히 시작하긴 했지만 정말로 좋아하고 잘할 수 있다. 하면 할수록 글도 늘고 그림도 늘었다. 그리고 어린이가 읽는 소설도 썼다. 오, 예!

한계를 뛰어넘는 것은 할 수 없는 일을 하는 것이 아니라 할 수 있는 일을 넓혀가는 것이 아닐까? 그러다 보면 나도 모르는 새에 한계를 뛰어넘게 될 수도 있다.

규는 조각이 한계 밖이라고 말했지만 떡살 조각을 열심히 배웠다. 그러니까 규는 한계를 이미 한 단계 넓힌 거다. 축하해요.

틀을 깨고 나온 구

공수래공수거

원래 내 것이라고
믿는 것들이 있습니다.

그런데 사람은
빈손으로 태어나지요.
빈손임에도 불구하고
움켜쥐고 있어요.

마음조차 내 것이라 할 수 없어요.

'원래 내 것이란 없으니
없어졌다고 속상해하지 말자.'

라고 생각해도 속상합니다.

어쩔 수 없다

짐을 한꺼번에 들려다 풍선을 놓쳐버렸습니다.

규가 내년 3월에 달항아리로 개인전을 열게 되었다. 매우 좋은 일이다. 규는 정말 오랫동안 개인전을 하고 싶어 했기 때문이다. 아무튼 그래서 규는 더 이상 12고원에 집중할 수 없게 되었다. 이 소식을 들었을 때 원은 '어쩔 수 없구나'라고 생각했다. 하지만 어쩔 수 없다는 말 대신 이렇게 말했다.

"축하해요. 그럼 여기까지 한 것으로 12고원을 꾸리겠습니다. 부족한 부분은 제가 그림으로 채우면 돼요."

세상에는 어쩔 수 없는 일들이 수두룩하고 어쩔 수 없는 상황에 처한 사람들도 셀 수 없이 많다. 원도 어쩔 수 없는 일을 겪었다. 그렇지만 원의 어쩔 수 없었던 상황은 잘 들여다보면 선택할 수 있었다. 손해 보지 않는 선택만 하려고 했기 때문에 어쩔 수 없다고 생각했던 것이다. 진짜로 어쩔 수 없는 게 아니라 겁이 나서, 조급해서, 욕심이 나서 어쩔 수 없었다고 여긴 것이다.

원은 가능한 한 '어쩔 수 없다'라는 말을 하지 않으려고 한다. '어쩔 수 없다'를 남발하는 것, 핑계를 대고 남 탓을 하는 것은 자신의 인생에 대해 스스로 책임지지 않는 것이다. 이건 자신에게 제일 해롭다. 자기 자신의 약점을 제대로 보지 못하게 되니까.

굳이 '어쩔 수 없다'라는 말을 하고 싶을 때에는 차라리 '물욕에 휩싸였기 때문에 그랬다' '두 손에 떡을 쥐고 놓지 않으려 했기 때문에 그랬다' '내가 나약하고 좁쌀만 한 인간이기 때문에 그랬다'라고 말하는 게 나을 수도 있다.
더 이상하다. 그냥 아무 말도 안 하는 게 좋겠다.

규는 원에게 미안해했지만 원은 정말로 괜찮다. 규는 원에게

넘치게 해주었다. 지금까지 함께해준 것만으로도 충분 그 이상이다.

이미 충분해요. 고맙습니다. 그동안 신세 많이 졌어요.

미련

일말의 미련도 남기지 않기 위해
몽땅 먹어버렸지. 꺼억.

지금까지 한 걸로 충분하다고, 아니 충분 이상이라고 했지만 한편으로는 조금 더 하고 싶다는 마음이 들었다. 그래서 다음 날 쪼르르 밀플라토로 가서 이렇게 말했다.
"껍데기가 붙은 구를 깎아보는 건 어떨까요? 껍데기에서 구의 가능성을 품은 형상이 슬며시 나오는 거지요."

규는 거절은 하지 않고 일단 원의 말을 듣기는 했지만 집중하지 못했고 대화도 계속 겉돌았다. 원은 자기가 말을 하면 할수록 규가 멀어지고 있다고 느끼고는 정말로 끝이라는 사실을 실감했다. 정말로 멈춰야 한다는 사실도.
조금만, 조금만 더 하고 싶다고 생각은 하지만 일단 또 일을 벌이면 조금만 하게 되지는 않을 것이다. 아마도 무지막지하게 많이 하게 될 것이다. 그래서 차마 조금만 더 하자는 말을 꺼내지 못하겠다.
계속 더 바라는 것은 원의 욕심이다. 이만큼까지 온 것도 규덕분이다. 원은 온갖 미련과 아쉬움을 꿀꺽 삼키고 소리 내어 말했다.
"12고원은 이제 진짜로 끝났습니다. 그동안 함께해주셔서 고맙습니다. 덕분에 이만큼 올 수 있었어요."

밀플라토에서 나가려는데 좀처럼 발이 안 떨어집니다.

모두 잠든 후에

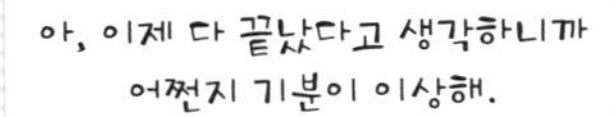

이제 자유의 몸이 된 건가?

음…….

아, 어느 정도의 구속은
좋은 것 같아.

다시 봄

에필로그

전시를 무사히 끝냈다.
전시회를 시작한 날 아침은 쓰러질 것처럼 피곤한데 가만히 앉아 있을 수가 없었다. 어제까지만 해도 괜찮아 보였던 작품들이 갑자기 너무 작고 어설퍼 보이고, 개수도 많이 부족해 보였다.
초, 초, 초긴장으로 어찌할 바를 모르는 원과 달리 규는 담담했다. 한 걸음 떨어져 팔짱을 끼고 준비된 전시를 바라보는 규를 보며 원은 규가 자신과는 정말 다르다는 사실을 실감했다. 그리고, 그래서 다행이라고 생각했다. 서로가 이토록 다른 사람이 아니었다면 이런 경험을 하지 못했을 테니까.
원에게는 자신과 전혀 다른 사람과 함께 무엇인가를 하는 과정 자체가 고원을 올라가는 것이었다. 전시라는 형태로 이루어졌지만 어쩌면 전시가 아니어도 괜찮았을 것이다.

가장 기뻤던 순간은 사람들이 "이걸 보니 나도 전시를 하고 싶어지네"라고 말하는 순간이었다.

이제 원과 규는 각자의 길을 따로 간다. 원이 가끔씩 밀플라토에 들러 잠깐 담소를 나누기도 하지만 함께 전시를 준비하던 때와는 다르다. 그나마도 원이 미뤘던 작업을 끝내느라 혼이 빠질 만큼 바빠지면서 밀플라토에 거의 가지도 못했다.

봄이 되자 규에게서 컬러 옻 구슬이 완성되었다는 연락이 왔다. 원은 날듯이 밀플라토로 갔다. 이번에는 분홍과 녹색, 두 색이 모두 활짝 피어올랐다.